第二次呼吸

DI ERCI HUXI

后　生◎著

时代出版传媒股份有限公司
安徽文艺出版社

图书在版编目（ＣＩＰ）数据

第二次呼吸/后生著.—合肥：安徽文艺出版社，2021.2（2022.5重印）
ISBN 978-7-5396-7136-9

Ⅰ.①第… Ⅱ.①后… Ⅲ.①长篇小说－中国－当代
Ⅳ.①I247.5

中国版本图书馆CIP数据核字(2021)第006383号

出 版 人：段晓静
责任编辑：何 健　胡 莉　　　　　装帧设计：徐　睿
···
出版发行：时代出版传媒股份有限公司　www.press-mart.com
　　　　　安徽文艺出版社　　www.awpub.com
地　　址：合肥市翡翠路1118号　　邮政编码：230071
营 销 部：(0551)63533889
印　　制：北京一鑫印务有限责任公司　　　(010)61424266
···
开本：880×1230　1/32　印张：5.125　字数：100千字
版次：2021年2月第1版
印次：2022年5月第2次印刷
定价：28.00元
···
(如发现印装质量问题，影响阅读，请与出版社联系调换)

序

　　首先,对于无论是因为什么而翻开了这本书的读者朋友,我都是一定要表示感谢的。因为这毕竟是我第一部正式出版的小说,其中的不足即使在我自己看来,也是相当明显。但无论如何我都要将它发表出来,只因其中包含的内容是光辉的,值得一瞥。

　　"为什么要写扶贫呢?"这大概是从构思开始,周围的人就一定会提的一个问题。

　　确实,通常而言,这种题材的作品是绝对不会有趣的,也许它更适合以纪实报告文学的方式出现,而非强调虚构和想象的小说。但还请听我细细解释一番。

　　最初只是源于一次巧合。我应家父的要求,为其所在的公司微信公众号写了一篇散文——《扶贫路上》,在写作过程中收集的故事素材让我觉得还有继续深入的空间。

家父其实就是小说中万国平先生的人物原型。用他自己的话来说就是，企业扶贫也是国家扶贫大战略中不可或缺的一部分，但很多人对于企业扶贫的了解非常有限，甚至会产生"这只是企业的'面子工程'"这样偏颇的看法。然而，国家之所以动员企业投入扶贫事业，正是因为企业具有不可替代的作用。国家的扶贫工作主要围绕强化基础建设，改善生活环境，提高居民收入和生活水平来开展。很多一线扶贫干部已经出色完成了他们的任务，但是对于如何保证农民不"返贫"，乃至于如何"致富"，他们是没有头绪的，光靠"输血"式的扶贫绝不可能完成脱贫攻坚任务。让贫困地方能够参与到整个社会经济的循环中去，才是赢得最终胜利的保障，而这一点，企业有着先天优势。

钱光越的叙事视角既是我自己的视角，也是当代年轻人的视角。如果是在十年前，一个年轻人自信地说出，他爱他的祖国。那么我想，他应该是出于最原始、最真挚的爱国情怀。而现在，在我放下手中的钢笔时，我说"我爱我的祖国"则多了一层敬仰。因为即使在人们的思想已不再如从前那般单纯、朴素的今天，我们国家也从未放弃兑现曾向他们许下的诺言。扶贫需要新鲜血液，需要年轻人的积极参与，而不是任由他们坐在办公桌前，脑子里想着"我也很穷，为什么不来帮助我呢？"。

目前，扶贫题材的作品以纪实报告文学为主。但是，并非每个人都是扶贫干部，也不是每个人都对扶贫工作十分了解，甚至不是每个人都能理解什么是真正的"贫"。小说虽然是虚构的，但其人物原型都来自现实，相比报告文学，虚构的小说在刻画人物上具备更大的优势。讲一个来自现实，却又高于现实的平常故事，我以为这远比照搬遥远的英雄事迹更能够温暖人心。

以上这些，就是我的回答了。简单来说，这是一个鼓励当代年轻人去了解扶贫、参与扶贫工作的故事，更是一个为纪念那些在扶贫事业中做出贡献的人，庆祝国家经济建设和社会道德建设迈向新台阶的故事。

说来也巧，赶上了 2020 年这样一个特殊的年份，无论身处哪个国家、哪个社会阶层，能够自由呼吸才是最基本的自由。

再次感谢为我这些拙见付出了宝贵时间的读者朋友，祝愿你的人生道路上也能跨越自己的极点，完成第二次呼吸。

2020 年 12 月

■　一

　　周六,马路两侧能停车的地方早已塞满了车辆,不能停的地方
也是。人潮涌动着挤上了这条街的几乎每一个角落。这让路上依
旧在做最后挣扎的车主们格外头疼。他们瞪着双眼,打着方向盘,
试图找到哪怕是半个停车位。维持秩序的交警脸上渗着汗水,在
这个绝对算不上有多暖和的春日里,他却忙得像是要融化了一样。

　　一个穿着名牌运动服的男人从他的越野车上跳了下来,绕到
车后打开了后备厢。与他同行的女子此时也下车来到他的身边,
二人交谈了几句之后,便抱在了一起。当然,画面绝不至于让各位
家长慌忙去捂小朋友的眼睛,但是在公共场合也的确显得过于
惹眼。

　　这便是钱光越走出地铁站时所看到的一幅景象。

男人的年纪看上去与钱光越相仿,二十五岁左右的样子,甚至可能还要再年轻一些。但是对方参加一个长跑活动竟可以开车带女友,而钱光越却只能提着一双破旧的运动鞋挤地铁,这实在是令人嫉妒得牙痒痒。于是钱光越本能地避开了他们那个方向,来到另一侧的花坛边。他向已经坐在长椅上的老婆婆们道了声"不好意思",勉强挤了进去,坐下并开始换鞋。

S市的市民长跑活动是固定项目了。来参加的人大多是为了感受这种体育集会带来的热闹氛围,又或者是业余运动员们撇开压力,把这当成检验自己训练成果的理想试验场。但毕竟不是正规比赛,所以即使拿了名次也是不会有奖金的。

正因为是面向普通大众的活动,大会配套服务内容也十分丰富。钱光越把换下的皮鞋寄存在主办方设置的管理处,并因此感到非常安心。这是他唯一一双体面的、符合公司"皮鞋加领带"着装要求的鞋子。若不是今日上午突然被一起工作的前辈与其新婚妻子叫去做伴郎的试镜,他是绝不愿意冒险将它们穿到这儿来的。

挤出人堆,来到一旁,钱光越做起了热身。这是他第二次参加这项活动了。至于为什么参加,那还得从他第一次见到他那位舅舅说起。

刚刚大学毕业来到 S 市工作时的钱光越,作为当代金融白领,非常"荣幸"地遇到了长期久坐与饮食不规律带来的肥胖问题。

说起来,肥胖总是来得比爱情还要突然,来得悄无声息。某天夜里,钱光越在自己租住的出租屋卫生间内,脱得精光,正准备沐浴时,发现自己的上腹部有一道浅浅的红色痕迹。很快钱光越便找到了原因,应该是坐着工作时被办公桌的边缘压迫导致的。继而他又发现了新问题——低头时,他看不见自己的脚背了。

俗话说:"福无双至,祸不单行。"钱光越不仅要接受自己肥胖的事实,他还发现自己现在连一个淋浴也根本洗不了,从莲蓬头里喷洒出的水呈现出一种令人不适的褐色。

在那天之后,他租住的老式公寓楼迎来了一次大规模整修。

"什么舅舅? 我怎么从来都不知道我有一个舅舅?"钱光越靠着阳台护栏问道。

"你是在 S 市有这么一个舅舅,只是从前都没有跟你提过。"手机里传来的是母亲的声音,"你要是实在没钱了,可以先去找他,看看能不能借住一段时间。"

"妈,我还有钱。"

"你少来了,刚工作才多久,手里能有几个子儿? 你爹看病需要钱,家里的情况你也清楚,现在是不可能帮得了你的。"

钱光越摸了摸自己的鼻子,然后把指尖稍稍有些油腻的触感顺手在裤子上抹去。这是他的一个小习惯,感觉到紧张或者尴尬的时候尤其喜欢搓自己的鼻子。

"妈,我真的不是找你要钱。"

"行了。"母亲没好气地说,"你不是说你现在住的地方全给凿开了吗? 那怎么能住人呢? 如果十天半月修不好,你就打算住那么久的宾馆不成?"

住那么久宾馆的钱,钱光越倒也不是拿不出来,但是那样的话,就几乎要搭上他的全部身家。

钱光越叹了口气,道:"好吧。那我的这个舅舅,他在哪?"

众多参赛者在起跑线前挤作一团。或许不应该叫参赛者,用"参与者"似乎更为贴切一些。钱光越依然清楚地记得上一次参加长跑活动时的情形,起跑简直就是一场灾难。拥挤的参与者们组成了汹涌的人潮,身在其中不能加速,也无法减速,只能被簇拥着蹒跚躲避,以免自己踩到不知是谁的脚上去,或是被别人踩到。

"各就各位!"

台上的司令员拿着扩音喇叭,举起了信号枪。

枪响了,啪的一声。这一下,让钱光越不由得想起了自己第一次见舅舅时,看到他把手里的竹板刷掷到墙壁上的情形。

"滚出去! 我说了不搬,那就是不搬!"

"刘先生,你先不要这么激动……"

这位刘先生,踩着一双污浊到难以分辨其原本颜色的泡泡鞋,穿着白色的无袖老头衫,露出两块浑圆的膀子肉,头上干干净净,秃得非常彻底。一点没错,他就是钱光越要找的那位舅舅。与他对立而站的有三人,都是西裤、皮鞋和白衬衫打扮。其中一个人双手背在身后,提着一顶崭新的亮黄色安全帽。

"这是我们的工作,你有意见我们可以好好商量。而且,这里只剩下你一户了……"

为首的瘦高男人夹着公文包上前一步,想要拉近一些双方谈话的距离。不料刘先生立刻夸张地向后跳了一步,伸出手指着他质问道:"干什么? 你们还想动手了是不是?"

"不是,刘先生,你误会了……"

"你敢碰我一下试试!"

"刘先生……"

见到这样的场景,钱光越只好识趣地悄悄退出了院门,靠在院墙上,拿出手机来打发时间,等待院内的这场闹剧结束。

周围都是看上去新建不久的住宅楼盘。从规整的街道布局和具有罗马风格的各色装饰可以看出,在这里落户的居民生活消费水平绝不会低。自由却不散漫的爬山虎攀附在白色的围墙上,它们被规划得恰到好处,绝不会遮挡住墙上任何一处精美的浮雕。

而钱光越正倚靠着的这一堵墙则与周围环境格格不入:红色的砖块与脉络一般的水泥灰显得十分廉价;墙根处悄然生长的苔藓与红墙一同躲在香樟树的阴影里,望着数米之隔的白墙与爬山虎,宛若两个世界间一场无声的对峙。

舅舅轰走了那三个人,回过头来看见了倚在墙边的钱光越。

"钱光越?"

尽管母亲事先已经打过了招呼,但这毕竟是舅甥二人第一次见面,这种试探性的发问在所难免。得到了肯定的答复之后,舅舅便示意钱光越跟着他进去。

这是一个非常宽阔的院子,估摸着得有七十平方米。在与院门相对的一头，是一幢老旧的两层小楼。泛着蓝色的玻璃窗被有些锈蚀痕迹的防盗栅栏保护着。小楼并非完全正对着院门，因此在院门口的位置恰好可以看见一些小楼侧面的样子，是朴实得过分的灰色，简直就是水泥原本的样子。正面倒是用暗红与白色的砖片修饰着，虽然岁月留下的痕迹也相当明显。

"还在做什么？进来吧！"舅舅收起摆在院里的一个小板凳，顺便捡起了墙角刚刚被他扔出去的竹板刷，对正在自顾自打量四周的钱光越招呼道。

虽然这是一个晴朗的午后，屋内却非常昏暗。进来时，有那么短暂的一段时间，因为光线变化而导致无法看清周围的状况。在眼睛适应之前，鼻子却率先有了反应。一种奇怪的味道，似乎潮湿又腐朽，让钱光越不由得皱起了眉头。

几乎所有的窗帘都处于放下的状态。屋内给人的第一印象便是极为狭小，或者说可以下脚的空间非常有限。

钱光越的脚边躺着一只断了把手的马克杯。靠墙角的位置被黑色的塑料垃圾袋占得满满当当，像是什么阵地一般将那一片区域堵塞得水泄不通。烂掉的报纸铺了一地，还有一些根本分辨不出到底是什么的杂物。残破外卖餐盒还有挂着残渣的罐头里都可以看到被掰成两截的一次性筷子,它们到处都是。

眼前的景象和鼻腔内传来的刺激组合在了一起,虽然钱光越的大脑很理智地发出警告——不要吸气,但身体的自然反应是诚实的。钱光越倒抽了一口冷气,随即不住地咳嗽起来。

舅舅毫不在意钱光越对自己居所的环境产生的反应,挤到跟前,弯腰捡起了那只马克杯,随后在一旁的桌子上随意挤出一小块空间来放了上去。他回头看了看刚刚平复的钱光越,说道:"你那是什么表情? 当然不会让你住在这儿。"

钱光越动了动嘴唇,没有出声,因为他自己都不清楚应该说些什么好。舅舅也没有给他思考的时间,接着说:"从这边过来。"便跨过障碍物向里屋走去,"矫情的样子和你娘简直是一个模子刻出来的。"

这也算是矫情吗? 钱光越又好气又好笑。

最终,舅舅给他腾出了一间还算整洁干净的房间让他暂时住下。

数日后。

"这几天还好吗?"电话的那一头是母亲。

"啊。"钱光越应付了一声。

"什么叫'啊'？好好说话！"

"我想问问这个舅舅的事。"钱光越把手机换了一个手拿，接着说，"总觉得这个人，很……怎么说呢？奇特。所以就想问问看，是个什么样的人。还有，你们为什么从来都没有向我提起过他？"

"我懂了。"母亲叹了一句，接着便开始了讲述。

"你舅舅结婚比我还要早一些。那时候他因为工作调动，去了S市。后来稳定了，他便把家人一起接到那里生活……

"他在一所大学里当体育老师，也是田径教练，生活上充实且无忧。家里有一位美丽的妻子，还有一个漂亮的女儿。在几位姐妹的眼里，他这个妈妈最疼爱的小儿子无疑是幸运又幸福的，如果没有发生那件事的话……

"击垮一个男人可以很困难，也可以很简单。妻女被一场突如其来的车祸夺走了生命，对他来讲这是无法承受的伤痛。他的生活被摧毁了，酒精接替妻子成了他的'第二任伴侣'。因为酗酒，他丢掉了学校的工作。后来他甚至发展到喝醉后与人当街斗殴，最后被拘留的境地。而后他便像是人间蒸发一般，切断了与家人亲属的所有联系。

"重回家人的视野则是在老母亲过世的时候。在生命的最后时刻,老太太还不住念叨着想要见一见自己的小儿子。于是几个姊妹近乎绝望地向他的老地址打电话。不同于这些年的杳无音讯,这一次电话打通了。几天后,他出现在了病房里,赶上了见老太太,也就是你外婆的最后一面。

"从那之后,你舅舅又和家人有了联系。但是人已经变了,成了一个与从前完全不一样的人。"母亲停顿了一下,似乎是说得时间长了,喝了一口水。

"每一次问起他在做什么过活他都不肯说,搞得你大姨妈一度以为他走上了违法犯罪的邪路,在干些见不得人的勾当,以致破口大骂他对不起母亲,急得要去和他拼命。我一开始也是这么怀疑的,不过后来想想也是不太可能。人民警察又不是摆设,他还是进过局子里的,过了这么长时间,真要是犯了什么事,肯定早就进去了。"

"然后呢?"钱光越听母亲说到这儿便停了,于是问道。

"发生这么多事,人总是要变的。只要他没违法犯罪,不说就不说吧。不过家里人也就几乎不再提起他了,这就没然后了。"

即使隔着电话,钱光越也能想象得出母亲那标志性的摇头。

在舅舅家暂住的这几天，还有两件事让他不能释怀。

第一件事。二楼尽头的一间房，房门上挂着一块小小的粉色便签板。上面最新的一页上，日期停留在了六月十日，下面是用稚嫩的字体写下的一些话。看起来这应该是舅舅那位已逝爱女的房间了。虽然舅舅从未表示过禁止打开这道门，钱光越此时还是抑制住了自己的好奇心。一方面，他清楚，自己若是贸然进入这间房间，屋内哪怕是最微小的变化大概也会被一位长年思念女儿的父亲所察觉。而这若是被他理解成无礼与冒犯，钱光越也不会觉得意外。另一方面，钱光越并不认为自己有去探究的权利，深究起来倒是会有"多管闲事"的嫌疑。

第二件事。钱光越的这位舅舅居然按照母亲的要求，偷拍钱光越现在的照片发了过去。看见钱光越肥胖的模样，因为父亲长期身体不佳而对健康敏感到"变态"的母亲当场就发作了。

舅舅一边给自己系上一件印花格子小围裙，一边用菜刀拍打着砧板上的鱼，对钱光越说："你娘要求我监督你减肥锻炼身体，还说如果你减不下来，或者不愿意动的话……"

他抹了一把菜刀，把粘在上面的鱼肉片揭了下来，继续说："那她照顾好你爹之后就要亲自过来找你了。"

"停停停，我知道了。"钱光越举起双手投降，"我减。"

得到了回复，舅舅便不再看他，打开了老旧抽油烟机。伴随着鱼入油锅的噼啪声，抽油烟机轰隆作响。

在各种锻炼方式中，钱光越对跑步格外中意，虽然枯燥又单调，但这恰恰就是最令他满意的地方。放空大脑之后重复做着机械的动作，有时甚至会让你觉得比在办公室里敲击键盘还要显得轻松一些。

钱光越跑步的距离随着他的体型逐渐恢复正常开始增加，从沿着街区慢跑变成绕社区一圈，最后发展到更远的地方，到达之后又折返。因为运动强度的增加，舅舅教给他的一些基本安全常识渐渐也派上了用场。比如，长跑过程中由于氧气的供应落后于身体的需要，造成了肌肉中乳酸堆积，进而出现胸闷和呼吸急促、四肢无力，难以支撑继续活动的情况，一般被称为到了"极点"。这时候凭借意志力坚持下去，深呼吸，调整速度，一段时间后，呼吸便会重新顺畅起来，肌肉也将再次变得富有活力。这样的生理现象被称为"第二次呼吸"，也叫作"再生气"。这是钱光越印象最深的一条。

离开舅舅家之后,长跑依然是他生活中的一部分,成了他的一种特殊减压方法。继而参加市里的长跑活动也成了他理所当然的小小追求。因为一直以来都是一个人享受着跑步的单调带来的轻松快乐,所以第一次参加时,他不适应周围人带来的竞争氛围,极点到来的时间也提早了许多,最终无奈退场。

如今是钱光越第二次参加长跑活动,他对自己信心满满。至少刚开始是这样的。

现在,从越来越重的抬腿中,他感受到自己的极点快要到了。

钱光越觉得自己像是一个飞奔着的大口袋,五脏六腑装在里面,被颠得七荤八素。这让他产生了一点想要呕吐的感觉,连最基本的呼吸动作也仿佛开始变形了,整个人如同被置于一个玻璃瓶中,氧气逐渐见底。无论他吸得多么用力,也始终得不到肺中舒畅的慰藉。周遭的景物也似乎被罩住自己的玻璃瓶壁扭曲成了令人眩晕的奇怪模样。

今天的挑战再一次以失败告终,脱力的他最后选择中途放弃。尽管有些遗憾,但也不至于影响心情。

结束后,钱光越依然选择搭乘地铁返程。他挪进车厢,找到一个位置坐下,将头靠在椅背上,享受着这种精疲力竭后的宁静。

这时手机铃声响了起来。

屏幕上显示是郑当打来的,也就是今天上午请他去试镜的公司前辈。

"喂。"钱光越接通了电话。

"光越,今天怎么走得那么着急?原本还想请你一起吃个饭的。"

"因为还有些私事,有点赶时间,所以和嫂子打了招呼就走了。"

"噢,是这样啊。没事没事,这顿饭我肯定是得请的,我们再约一个时间如何?"

"那明天吧,晚上六点,行吗?"

"我看看。"前辈似乎是在确认自己的日程,"可以,那就明晚六点。"

前辈与钱光越一同吃饭虽说早就不是一次两次了,但一个即将步入人生新阶段的成功男士与一个穷小子,即使二人还有大学校友这么一层关系,不同的品位也仍旧让他们常常吃不到一块儿去。

电话那头,前辈并没有马上挂断的意思,转换了话题还在说着

什么。钱光越此时却忽然什么也听不进去了。他发现了一个大
问题。

"见鬼了。"他低声咒骂了一句,猛地从位子上站了起来,惊吓
到了对面正抱着孩子的年轻妈妈。

"光越?喂?发生什么事了?"电话那头的前辈不明白发生了
什么,出声问道。

"啊,我不是说你,我这儿碰到点小麻烦。没事,我们明天见,
先挂了。"

"哦,好。"

钱光越在地铁到达下一站的时候匆匆下来,乘上了相反方向
的列车。他唯一的一双体面的,并且是上班时必须要穿的皮鞋还
在长跑活动的寄存点。

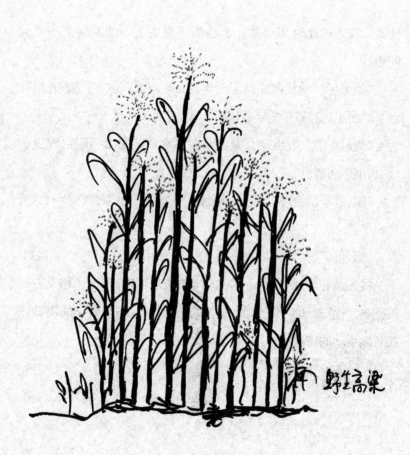

野生高粱

■ 二

甜虾安静地趴在用米饭捏成的弧形饭团上，散发出诱人的光泽，但这种被称为寿司的食物对钱光越完全没有什么吸引力。他对这种只需要动一动筷子，就能让餐盘中什么都不剩下的食物不感兴趣。这怎么能被称作饭食呢？简直与零食没有什么两样嘛，难以理解，不可理喻。

不过对面坐着的郑当显然很是中意，对菜品赞不绝口。

今天的地点是前辈选的，一家位于 S 市中心商圈的日料店。原木色和式拉门，修长的日本灯笼，还有菜单上让人看不太懂的高价格，可以说完全符合钱光越心中对于日料店的认知。

"婚礼准备得怎样了?"钱光越问。

"挺好的,基本都妥当了。"郑当答道。

"旅行呢？计划去哪里？"

"这个还没有定。原本是打算去斯里兰卡的，但是现在她又觉得欧洲行更有情调。"

看着眼前这个从服务生手中接过料理还要微微点头致谢的前辈，钱光越不禁回想起了和这个男人相识的过去。

大学时代，二人几乎把所有的业余时间都用在了社团活动上。当时刚刚开始流行的视频制作成了两个年轻人的心头好。在制作中，虽然任何细节他们都要亲力亲为，以致产出效率极低，但是对于直接套用开放下载的他人模板，二人都是极其不屑一顾的。现在看来，那大概是人在青年时期的一种固执，固执得甚至有些笨拙。也正是这种笨拙，奠定了二人友谊坚实的基础。

然而毕业进入社会之后，钱光越在工作中因为这种笨拙碰了不少壁，也吃了许多亏。后来辗转到目前就职的公司，他惊讶地发现，前辈居然也在这里工作。此时的交谈让他意识到，前辈已经被社会打磨成了圆滑得体、善于进退的模样。这让他相信，终究有一天，自己也会跨过这条时间的沟壑，再一次和前辈站到同一边去。

想到这儿，他下意识地摸了摸自己的口袋，那里面装着一本小小的便签本。钱光越几乎是无时无刻不把它带在身边，用来记录他的创业计划与灵感。他在公司现在的部门已经快要满三年了，然而境况与初入公司时几乎无异，未来也看不见多少希望。与前辈的经历比起来，大概只能说明自己不适合这份工作。家中父亲身体又常年不好，看病调理都是需要用钱的，而自己却挣扎在泥潭一般的都市生活里，这些都让他苦于寻找出路。

"你知道我们办公室的万国平先生吧?"前辈冷不防问了这么一个问题，打断了他的思绪。

"谁?"并没有第一时间在脑海里搜索到对应的人物，钱光越只好用疑问来作答。

"就是平时你们一直喊'主席'的那位。"

有印象了。

"就是每次活动和运动会，还有年会，都负责后勤的那位。"前辈又补充道。

已经明白是谁了，原来这位老先生的全名叫作万国平。

"想起来了吗?"

"对上号了。平时只听大家喊他'主席'，从没听过他全名叫什么。"

"他是我们公司的工会主席。你倒好，连人家的名字都不知道。"

钱光越只能尴尬地笑了笑。自己在公司被边缘这种事,确实不太好意思说得出口。

郑当晃了晃手里的杯子,里面的冰块碰撞,发出清脆的响声。他接着说:"今天找你来,其实是有事相求,而且和这个老先生有关系。"

这就算是进入正题了。钱光越把面前的餐具向旁边挪了挪,将手肘搁上了桌沿,尽量向前凑了凑。

"我开门见山地说吧。"前辈略微停顿了一下,"我请假的这段时间里,希望你可以替我接手一下扶贫工作。"

"扶贫?"这倒真是出乎意料了。

"我想想,该从哪里开始跟你说起。"前辈思索着,"你知道我们换顶头上司的事情吗?"

"听说了一些。"

"之前的头儿,年轻有为,野心也大,把所有精力都投入了扩大公司业务上,搞得风生水起。但是财力和人力终归是有限的,面面俱到是不现实的。于是,咱们证券期货类企业的年度分类评级里,属于公益的扶贫项就分不到什么人手了,一直都是万国平先生一个人负责的。"

郑当喝干了剩下的饮料,嚼碎了冰块,继续说:"但是去年,原先的头儿调去母公司发展了,我们这儿来了一个老领导,你见过了没有?"

"有多老?"

"过不了几天就要退休的那种。"

前辈又嚼碎了一块冰块,说道:"可能是年龄层不同的原因吧,行事风格也相去甚远。老领导更加重视扶贫工作与回馈社会,于是这块的活,万先生一个人就忙不过来了。"

说到这儿,郑当指了指自己。

"所以我就被指派过去当帮手了。"

"噢,我了解了。"钱光越习惯性地摸了摸自己的鼻子,问道,"会占用大量时间吗? 因为我平时还在做那个,你懂的。"

"你还在想创业的事情?"前辈对于他的事情了如指掌。

钱光越咕哝了一声,点了点头。

"这个你不用担心,只是陪万先生去做一下回访,主要工作交给他就成。我是担心老先生年纪大了,这次又是大病初愈。有人同行照顾他一下,至少安全一些。"

"这样啊，那我觉得应该问题不大。"

"那你这算是同意了？如果同意的话，我周一就先打报告了。"

"好吧，算我同意了。不过说实话，我从没想过有一天自己会和扶贫扯上关系。我还以为自己已经够贫穷了，你怎么不来扶我一把？"

"哈哈，那不一样，两码事。"前辈笑着说，"哎，你吃饱了吗？"

"没有噢，完全没有吃饱。"钱光越故意在"没有"两个字上加重了语气。

"看来我这点'血'还是得出啊。行吧，毕竟有求于人。"前辈转过身去，扬起手，"服务员，麻烦再给我们看一下菜单。"

周一，上班时间。

和往常一样，离开拥挤的地铁，钻出人满为患、不堪重负的电梯，钱光越来到自己的办公桌前。他把员工卡从脖子上取下，挂在台灯上，开始了今天的工作。

郑当过来招呼钱光越的时候，已是临近午休了。钱光越确认了一下电脑右下角显示的时间，是十一点一刻，看来事情并不会太复杂，那就没有必要提前叫好外卖了。钱光越把手机塞回抽屉，前往会议室。

　　自从入职时被人事部门的同事在会议室接待过之后,他就几乎再没有进入过这里。

　　屋内已经有三个人在了。

　　主座上毫无疑问就是前辈提到过的老领导。他灰黑的头发里还散布着大量的白发,鬓角处的头发与下巴上延伸出的"同款"颜色的胡子完美地连接在一起,显然是经常打理的结果。

　　主座的右手边依次坐着万国平先生与郑当。

　　"坐吧。"没有留给钱光越继续观察的时间,领导发话了,"那么,这个小伙子就是要代替你去的人吗?"这显然是在问郑当。

　　前辈点头答"是"。

　　"好。你在出发之前找时间读一下材料,熟悉熟悉。"领导转向了钱光越这边,并推过来一个文件夹。

　　"我必须和你明确一点,"在钱光越伸手触到文件夹的时候,领导没有松手,反而将其死死按住,"你主要的责任,是照顾好万主席的行程安全。"

　　"领导,我没有问题的……"一旁的万先生说。

　　"这次你得听我的!"领导直接打断了他,"你的身体什么状况你自己应该很清楚。大病初愈，一个人进山，你能吃得消吗？你这是好了伤疤忘了疼。"

万先生讪讪地点了点头，没有再表示反对。

"其次……"领导再次转回到钱光越这边，继续说道，"扶贫工作是不包含在你的基础工作范畴里的，你可别把它不作'公费出游'。带上你的电脑，本职工作在扶贫路上一样要给我按时完成，听清楚了吗？"

"听清楚了，领导。"

得到明确答复后，领导这才松开了按住文件夹的手。

说实话，钱光越差一点没控制住自己的表情。前辈可是压根儿没和自己提到过这个问题。然而事已至此，若是当场反悔，自己以后怕是没法混下去了。钱光越余光向一边的郑当扫去，居然发现这个人微不可察地抽动着嘴角。见鬼，自己怎么就忘记了这个家伙以前是什么德行了呢？

时间流逝，现在到了晚间七时。S市市区内的高楼与立交桥逐渐亮起了灯光，在夜幕的映衬下显示出的轮廓，甚至比白天让人感觉更为清晰。

收拾妥当，离开写字楼的钱光越乘上了回家的地铁。

想不起是谁曾问过他这么一个问题："最接近却又最遥远的梦想是什么？"很可惜，当时他并没有立刻想出合适的回答。但是现在，答案非常肯定，那一定是朝九晚五。

回到家中，忙完琐事之后，钱光越打开了那个文件夹。里面装着几份报告。一份是关于江西省原革命老区某县熊坊村的自然环境调查，一份是当地居民近年收入情况报告，其他则是一些党中央关于扶贫工作的指导精神与意见等等。

两不愁、三保障、真扶贫、扶真贫、精准扶贫，这些词拆开来他都非常清楚是什么含义，组合在一起却让他摸不着头脑。太多概括性的词语和过于公文严谨的格式，让钱光越有一些眩晕。因此，他默默地合上了文件夹。

"睡觉吧。"

■ 三

钱光越再度翻开那份文件夹,已经是一个月之后了。

前辈带着新婚妻子前往欧洲享受蜜月假期,而他正坐在候车大厅的座位上,等待前往江西的火车。

万先生此时从站内洗手间出来了。他从背包里拿出一个保温杯,在一旁坐下并拧开了瓶盖,一股热气从瓶口开始向外攀升。时下已是夏季,虽然这是处于有空调的环境,却也难免让人觉得怪异。

"在看什么?"万先生问道。

"在看领导给的资料。"钱光越答。

万先生"哦"了一声,然后轻啜了一口茶水,可能是嫌太烫,又放下,接着问道:"你和小郑是怎么认识的? 应该不只是同事吧?"

"我们是校友，一个大学的。"

万先生又"哦"了一声，之后便是短暂的沉默。像是想要打破这种无话可谈的境况，他伸出手指了指钱光越正在阅读的文件说："前面几页可以先跳过，最后那一份比较适合你现在看。"

万先生指的是关于熊坊村地理与居民收入的报告。"这些东西更加具体一点，第一次接触的话比较好理解。"他是这么说的。

钱光越看着手里的文件，有一种回到学生时代，自己没有复习就踏入考场一般的感受。而这位与自己同行的老先生，此时正捧着保温杯盯着自己，像极了监考老师。

被盯得心里有些发毛，钱光越想着姑且试探着交流一下，试试改变氛围。

"主席……"

万先生连忙摆了摆手，说："别叫主席。平时在公司里也就算了，在外边你可放过我这个老头子吧。"

钱光越尴尬地笑笑，他也是这么想的，但是一时间没有想到合适的称呼，直呼其名必然是不行的。

"你喊我一声叔也行，还显得我稍微年轻了一些。"万先生给出了一个建议。他的实际年龄已经是快到六十了，但可能是因为脸形的原因,看上去要比实际年龄年轻一些。钱光越寻思,这样的话喊一声叔也并不奇怪。

"那么……叔,扶贫到底是怎么个扶法?"

对这一声叔,万先生显然非常受用,他紧接着便打开了深不见底的话匣子,从扶贫政治思想核心内容,谈到了企业扶贫案例,又从自己在彝良县扶贫时的经历,说到了中国历史和各地少数民族的风俗,再从旅游中感悟出的价值观差异,扯到了他自己年轻时的奇闻逸事,直扯得钱光越脑壳嗡嗡作响。

原本漫长的候车时间,随着万先生极为跳脱的聊天方式,一转眼便过去了。

看着车窗外飞速向后掠去的景物,听着耳边万先生的讲述,钱光越心里禁不住苦笑。出发时他曾收到来自郑当的一条莫名其妙的微信,只有简短的一句话:"主席说话很有魔力。"

的确是非常有魔力。钱光越已经放弃去思考他是如何将话题毫无颠簸地带向一些完全不相干的方向了。但是,随着话题的变化和万先生的演绎,这样的旅程却也让钱光越感受到了一丝丝惬意。

"那时候的黄山上,冷得吓人。旅游开发程度也不像现在这么好,想要上山顶那是必须要花一天一夜时间的,爬到一半就需要在那儿的招待所里休息一晚。"

万先生正在讲他年轻时与夫人一同上黄山游玩的经历。

"怕冻坏了就得去租棉大衣。到了休息的地方,那么多人都要租,但只有一个管理员,又要收钱又要发衣服,根本管不过来,没一会儿就乱成了一锅粥。"

钱光越看了一眼时间,万先生已经讲了整整一个上午,现在临近正午饭点了。

"我一看,这样下去不行,这么闹下去今天谁也别想好好休息了。明天一早还要赶着上山看日出,也不能让女朋友没有棉衣挨冻。但是抢是抢不到的,我和别人比起来又瘦又小。这时候我想了个法子,跳到了桌子上,朝着人群喊了一句话,大家马上就安安静静排起队来了。你猜我喊的什么?"

"猜不出。喊了什么?"

"我喊哪,'先来后到要排队!他第一,你第二,我第三',然后在人群里随便点了几个人,这队伍就排起来了。"

钱光越被逗乐了,问:"那时候的人真就这么自觉?这样就会去好好排队?"

"对啊!"万先生身子向后靠了靠,"其实都是希望有秩序的,没有秩序大家都累。但是总觉得自己要是先遵守了会被别人占了便宜去,也觉得那个维持秩序的人是借机给自己谋利。所以我没说'我第一',给人一种我不是谋利的感觉,又表明了我是要建立秩序,这就获得了他们心理上的认同,结果我第三个就租到了棉衣。"

"受益匪浅。"这并不是客套,钱光越心里确实是这么想的。

感受到后方有些许动静,钱光越直起了身子,越过椅背向后望去。是乘务员推着送餐小车来到了这节车厢。

"叔,时间差不多了,咱们吃饭吧。"

"嗯,好。"

钱光越转身从背包里掏出自己的皮夹子。他背对万先生,朝着椅背偷偷吐了吐舌头。他在想,这时候总不好让老同志来埋单,虽然列车上的午餐价格绝对不会便宜,但是此刻自己不应以此为借口退缩。

然而他刚把身子转过来,便看到万先生放下了自己身前的小桌板,从包里拿出了两只密封好的玻璃保鲜碗,里面装满了饭菜。

"叔,你坐火车出门也要自己带饭菜的吗?"

"是啊,没办法。"万先生擦了擦手,打开了碗盖,"你别看我现在这样，也是曾经斗赢了癌症的人。但是从那之后，吃进去的东西就再也大意不得了。"

万先生说，他曾一度受困于胃部癌变的折磨。后来通过积极治疗，幸运地转危为安。从那之后，他的生活态度和生活习惯都彻底被改变了。

"外面不确定是否干净的饭菜是绝对不能碰的，还有餐具也不能用没有好好消毒的，更不能和别人混用。"说着，他掏出了一个小袋子来给钱光越瞧，里面装满了一次性餐具。他接着说："就连在家里吃饭也要严格分餐，用公筷。我家那个臭小子一开始还别别扭扭的，嫌麻烦，虽然是因为我们瞒着他，没让他知道我生病的事情。"

即使是用餐时间，万先生的交谈欲望也很强烈。钱光越却突然觉得很不自在。他从乘务员那里购买了一份盒饭打开，鸭腿饭，是他喜欢的餐食。但现在他感觉这个饭的味道并不是很好。

下火车时，天色尚早。钱光越瞪大了眼睛观察着四周的环境。小小的火车站，三三两两的旅客，还有悠闲的小吃摊主正在打着手机游戏。他无法分辨是否已经到达了目的地。可以很负责任地说，他打从出生起就没有接触过真正的农村。九十年代出生的他，是一个地道的"被城市养大的孩子",钢筋混凝土就是他认识这个世界的基调。这对于九〇后而言应该算不上什么怪事。

钱光越左顾右盼的样子被万先生看在眼里,于是万先生拍了拍他的后背说:"还没到呢。"言罢,指了指不远处的汽车站。那里停着一辆中巴车,可以看到驾驶员把毛巾盖在脸上,正仰面躺着休息。

二人上了中巴车,又踏上了旅途。

这一次上车后,万先生便在一旁闭目养神,没有再说话,大概是真的疲惫了。

中巴车在高速公路上奔驰着。因为车速很快,道路旁的护栏已经无法再用肉眼看清模样。它们不断延伸起伏着,如同一条银灰色绸带,将公路与田野分割开来。大片大片的黄绿色水田里也不清楚种植着什么作物。田野的中间矗立着一座高压电线塔。它没有与公路行进的方向保持一致,而是极富个性地斜跨过了田野间的土路。还来不及把它看个仔细,视线就顺着它牵起的电缆落到了另一座它的"孪生兄弟"身上。

再向更远的地方看去,景色便潦草了起来,时而厚重时而青翠的山包像是被随便涂了几笔颜料一般,没有细节。

中巴车下了高速公路，在一个车站停了下来。二人也在这儿下了车。

万先生示意钱光越在原地等他，并告诉他一会儿会有村里的人开车来这儿接他们。而现在，他需要去一趟卫生间，上了年岁的人总是会更麻烦一些。

看来距离熊坊村还有一段路程。

钱光越平日里是极少旅行的，现在也开始感觉到有一些倦怠。看着不远处的土路上扬起的沙尘，他伸了一个懒腰。

就在这个时候，一个人影从他的身边飞过。同时他感觉到一只手掌拍上了他的胸口，力道并不大，但是很突然，吓了他一大跳，他下意识地抬手到了胸前。这一抬，便摸到了一张纸，触感像是传单那一类的广告印刷品，有着紧实且滑腻的塑料质感。

他迅速低头看了一眼，确实是一张广告，只是内容有点出乎意料。纸上印着一个小山村与背景的配图，仅有一句："欢迎来到莲子之乡。"其他什么都没有写。

塞给他这张传单的人此时已经快要跑出他的视线。一个瘦瘦的身影，看上去完全就是个孩子模样。

"二毛！"

　　钱光越的身后有人喊了一声,似乎是万先生的声音。那个孩子也听见了,停下脚步回过头来。他黝黑的脸上绽开笑容,又折返朝着这边跑了回来。他前额并不浓密的头发在奔跑时被风扬起,软软的,自然分成两片向后飘动,倒是和万先生对他的称呼特别匹配。

　　被唤作二毛的少年三步并作两步跑到万先生面前,兴奋得像一只黑兔子。

　　"万伯,你咋又来了? 还有,不是跟你说别喊我小名了吗?"

　　万先生笑着拍了拍他的肩膀,说:"嗯,比上回又多长了点儿肉。你叔叔呢?"

　　少年用下巴指了指加油站的方向,答道:"刚才还看到他的车在那边呢,我去给你叫他!"说完也不等人回应,又飞一样地跑开了。

　　万先生这时注意到了钱光越手里拿着的传单,皱了皱眉,问道:"这是那个孩子给你的?"钱光越点了点头,将传单递了过去。他接过去只是扫了一眼,眉头又舒展了开来。这弄得钱光越一头雾水。

　　十分钟后,二人坐上了二毛叔叔的车,启程前往熊坊村。

"二毛呢？"万先生问。

"甭管他。那小子说事情还没做完，晚一点自己野够了就回来了。"

"能行吗？路还挺远的吧，他一个孩子怎么安全？"

"没事儿，现在比从前方便多了，天天都有去乡里的人，他到时候随便搭谁家的车都是可以的。"

万先生坐在副驾驶的位置上，与二毛叔攀谈了起来。钱光越的注意力却被这辆车给吸引住了。

这是一辆老款桑塔纳，就是十几年前还非常流行，被人们称作"普桑"的那一种。没想到还有机会可以再见到。原汁原味的手摇式车窗更是将这层惊喜放大了好几倍。更为难得的是，这还是一辆两厢车。自己还小的时候，父亲管这种车叫"大屁股桑塔纳"。一时间，各种令人怀念的名字从记忆深处翻涌了出来，红旗、夏利、捷达……

"你这车怎么还在开？现在配件都不生产了，坏了都没地方去修。"万先生这时也正好聊到了车的问题上。

"舍不得嘛。今年就打算换了。"二毛叔回答。

渐渐地，道路开始变得狭窄。两旁不再是田野土路，而是深沟险壑。钱光越此生第一次见识到什么是盘山公路。

　　道路的一侧是暗红的山石壁。靠近山谷的另一侧有些地方连护栏也没有,只有几根漆有红、白两色的水泥桩杆在那里,聊胜于无。再向外,便是深渊。

　　这已经足够令人心惊,但更可怕的是,二毛叔的车速一点儿也不慢,比起在 S 市内见到的那些公交车,速度还要快上不止一截。不仅是这一边,对向来车也是勇猛无匹,双方会车时甚至都少有要减速的意思,每每擦身而过时钱光越都要惊出一身冷汗。

　　钱光越完全没有欣赏周围景色的心情,甚至连前排二位的对话都没听进去多少。他现在体会到了腿软是一种什么样的感觉。

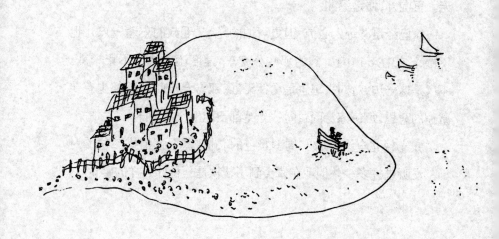

■ 四

夕阳西下,昏暗的光线模糊了远方目光所及之处的一切事物。

二毛叔的车驶入村子时,经过了一块大招牌。招牌就那么孤零零地插在路旁的地里,上面写着"欢迎来到莲子之乡"。

住房灯光逐渐多了起来。它们散落在车灯所指方向的山坡上,从黄昏中拉开了夜的第一幕。

车在一栋小楼前停了下来。钱光越扶着车门爬出后座,长长地舒了一口气,开始打量起周围的环境来。

楼前是一条继续向上行的坡道,前方不远便是一处拐弯,遮挡住了视线。回身向后望,则是来时的路,长长的一条,末端消失在夜色里,看不真切。视线范围内,总共就只有两只路灯,一只远远地在坡下,另一只则在楼前拐角处。

再看这栋楼,两层的结构,简单明了。二楼的外侧有一条长长的走廊连接左右。这一侧能看到的总共有六间房,六扇门,上三下三。但只有一楼最里侧靠近楼梯的一间还亮着灯。估计是听见了汽车引擎的动静,两个男人从屋内走了出来,停在门口。

为首的一人,四十多岁,穿着整洁的衬衫,下摆扎进了裤子里。他个头不高,站姿却给人一种挺拔有力的感觉,一张标准的国字脸,浓眉大眼,此时脸上绽开了热情的笑容。

"好久不见了! 路上还顺利吧?"他握住了万先生的右手,打着招呼。大概光握手并不足以表达他的心情,他一边保持着握手的动作,一边用左手揽上万先生的后背,用力钩了钩。

万先生也以同样的动作回应了他,说道:"是真的好久不见。这段时间村子如何?"

"你看你,急什么? 先吃饭,进屋慢慢说!"那人一边说着,一边就扯着万先生往屋里带。

此时一旁的二毛叔开口了:"书记,那我就先回去了。"

"一起吃个饭呗,今天老张下厨,他的手艺你信不过啊?"

"不了不了,家里人还等着呢,先回去了。"二毛叔摆了摆手,一只脚已经踏回了驾驶座。书记便也不再留他,转头对万先生说:

"老张头在后边,我让他赶紧开火。听说你要来,特意留了几尾最肥的'黄丫头'。"

"那敢情好,我就盼着这一口呢。"万先生极为配合地搓了搓手。

四人进了屋,相互介绍了一番。

让钱光越颇为意外的是,这位书记并不是中央指派到贫困村的第一书记,而是村支书。另一位只是村委会的一名普通干事,并不是村主任。

"老万,上次和你一起来的年轻人呢?"书记问起了郑当。

"噢,人家结婚啦。你看,这不是还放心不下你们,找了个后备替他来了。"

"那你这是搞帮扶还要收徒弟喽?"

"什么收徒弟,你可别抬举我了。"万先生戳了戳一旁的钱光越,说道,"公司里这些个小年轻,有学历,有能力,哪个不比我强?"

突然的不实夸奖搞得钱光越一时间有些不好意思,他只能干笑着岔开了话题:"哎,怎么没见主任? 咱们是不是得等等他们?"

书记听完就笑了:"我们村的第一书记也是县里农业局领导,忙得很,要到处跑的。事总是办得很快,但是人嘛,一般是见不到的。而咱们村的村支书是我，村主任也是我。"

"咱们村是第一批响应中央主任、书记'一肩挑'提议的了。叫我书记或者叫我主任其实都没毛病。要是叫不习惯哪，喊我姓也行，就叫老熊。"

"不成不成，那太没礼貌了。"钱光越连连摆手。

熊书记对钱光越这个新面孔显得非常热情，说着就介绍起了熊坊村。看这架势，是真把他当成跟着万先生来学习经验的徒弟了。

"最开始，我们这里啥也没有。不通电，没有自来水，连一条像样的路也没有，真的是穷到骨子里头去了。年轻人忍受不了，就离开村子去追求外面的繁华，一个接一个，都去城里头打工了。近一点的，落脚在县里；还有远的，甚至跟着筑工队伍去了新疆，过年都难得回来一趟。村里剩下的基本都是老弱病残。"

熊书记说，国家的政策摇旗吹号冲进山区来的时候，没用几年时间这里就大不同了。道路通了，电网拉了，自来水也有了。人们的基本生活好了，可唯一没变的是口袋里没钱。

"村里人会做的也就是种种田，个别人还养了些鸡鸭。想要挣两个钱，就只能把这些鸡鸭卖给时不时会到村里来收购的小商小贩。我想你应该也晓得，这些二道贩子精得很。他们低价收走了这些原生态农产品，卖到别处去赚取差价。要命的是，这些人没有信誉，缺斤少两和掺假充好都是家常便饭，把我们当地农产品的口碑名声全都搞臭了。"

"我刚来熊坊村的时候，还见着老熊拿着一把扫帚把一个二道贩子追出二里地去。"万先生插了一句。

"那是他该打！你想想，后来咱们花了多少工夫才重新找到市场，好东西之前全给这群混账东西糟蹋了。村里老老少少辛辛苦苦种的东西，他们往死里压价，压不下来就骗，骗不着还吓唬老人家，当真是欺人太甚！"熊书记显然想起来这些事依旧是气极了，喝了一口水，缓了缓，继续说，"之前也讲了，年轻人都出去讨生活了。混得好的还能经常回来看看父母，看看孩子，回不来也时常给家里寄些钱物。混得不好的，出去了便没了消息。他们家里人也通透着呢，在外边养活自己已是不容易，只求他们报个平安，其他也不会多问。"

万先生这时接过了话茬："中央一向是强调要提高贫困地区老百姓的可支配收入，光解决基础的温饱问题绝不是最终目标。老熊以前当过兵，国家给的任务完不成，他急也要急死了。"

"那我能不急吗?！抓破头也想不出好办法来,急出病了都快。"

这时候,门外传来一个声音:"急什么呀？菜来啦!"

循声看去,一位老伯端着托盘走了进来。托盘里放着一只人脸大小的砂锅,正袅袅地冒着热气。钱光越猜想这人八成就是之前提到过的老张了。

随着砂锅被摆到桌上,一股浓烈的鲜香味蔓延开来,直冲人的五脏六腑。锅内还微微有着咕嘟咕嘟的翻腾声,低头向内看去,只见嫩黄色的鱼肉和洁白的豆腐交织在一起,煞是诱人。这种黄颜色的小鱼钱光越是认得的,昂刺鱼,原来这里人管它叫"黄丫头"。

"特意给你留的,都是最活泼的。"老张撸了撸袖套,得意地对万先生说。

"闻出来了,这香味作不得假。"万先生笑得眼睛都眯成了一条缝,连连点头称谢。

老张也开心,让万先生把自己带的碗筷拿出来,不顾反对,亲自为他盛了满满一碗。他转头又要出门,说道:"等我把米饭和青菜端来,我们就开饭。"

"老张你忙了半天了,我去拿吧。"万先生站了起来。

钱光越见状也马上站起来说："还是我去拿吧，告诉我在哪拿就成。"

"不行！"老张眉头一皱，不乐意了，"你们大老远来，是客人。不仅是客人，还是恩人，没有让你们干活的道理！"

老张这话说的，语气是蛮横了些，倒是造成了极为短暂的尴尬和沉默。

"哎呀，远来是客。老张话糙理不糙，你们就让他去吧。"熊书记把二人按回了座位上。老张这才舒展了眉头，佝着背出门拿饭去了。

热气腾腾的昂刺鱼炖豆腐，质感粗糙的白米饭，还有一盘炒制的时蔬。油放得稍微有一些重，但并不妨碍它们的可口。老张也搬了一张椅子加入进来。五个人边吃边聊起了家长里短和新鲜事，直到开始收拾碗筷桌面，熊书记也没有再提及之前讲到一半的话题。

是夜，熊书记引着二人来到村委会的二楼，将一间早已腾出来的办公室给远道而来的他们做休息之用。

屋内的日光灯可能是很久都没有换过灯管了，原来应该是白色的灯光洒下来，落在墙面上竟是微微泛黄的观感。在万先生的指点下，钱光越找到了藏在置物架与墙壁之间的两张折叠床，拖出来，打开，铺平。睡前的准备工作这就算是完成了。

关了灯，钱光越借着月光找回床上，翻身躺下。万先生特别叮嘱他盖好毯子，不然第二天一早准感冒。即使到了夏天，乡村的夜晚也会比城里凉上一截儿的。

"叔。"

"嗯，怎么了？"

"书记讲到完不成任务，村子后来怎么办的？"钱光越问出口的时候其实自己也很诧异，自己居然对这个问题产生了好奇心。

"后来啊……"万先生翻了个身，支起脑袋说，"我们公司响应国家的号召，决定对口帮扶。我和小郑就到这里来了。"

万先生说，第一次来熊坊村考察的时候所见到的情况就和书记描述的一模一样。各方面基础建设已经到位，但是村里的经济状况依旧不容乐观。毕竟壮劳力的稀缺对于一个以农业为主的村庄而言简直太致命了。

多年的帮扶经验让万先生明白，让一个群体的观念与现代社会接轨，是减少帮扶工作中阻力的最核心的问题。缺少年轻人，留下的人的知识与观念就显得更为重要，必须率先解决观念问题，才能将日后的发展矛盾降到最低。

于是"网络信息培训班"开了起来。公司批准了扶贫拨款申请,在熊坊村村委会安装了数台电脑,充分利用了国家先行解决的基础设施。有电,有通信线路,再多接个网络装台电脑能有多困难呢?郑当则是手把手地教,直到村委会的干事们都能熟练运用电脑。

这种谈话让钱光越想起了小的时候。无论是学校组织出游,还是节假日邀请朋友来自己家中住上一晚,自己都非常享受这种独特的时光。

黑暗中因为身处不同于日常的环境而兴奋,以致难以产生困倦的感觉。与身边人的交谈摒弃了身形与表情,有的只是最纯粹的交流。回想起来,与自己一同经历过这种睡前谈话的人,多少都成了自己生命中下笔浓重的一画。

"国家的意志是引路人,是一种指导,体量太大了,不可能对每个地区、每个村庄都有独立的考量。打蛇打七寸,扶贫扶精准。无论是地方执政者,还是我们这些金融工作者,既然进到了扶贫工作中来,就应该成为完成细节的排头兵。这些贫困县、贫困村都是时代和环境造就的,国家支起了'手术台',把它们一个一个扶了上去,那我们就得当好国家手中的'手术刀'。'精准'两个字,是对我们最基本的要求。

"过了知识和观念这一关,就到了真正动刀解决问题的时候了,咱们哪……"万先生的声音逐渐走高,正到了兴头上,一阵手机铃声让讲述戛然而止。

"不好意思。"万先生无奈地停了下来,伸手去够挂在椅背上外套里的手机。

铃声没有停,在只有虫鸣的夜里听着略显刺耳,似乎还带上了一些催促的味道。万先生看了看屏幕上的显示,确认是谁打来的之后,下床披上了外套,走出房间接通了电话。

钱光越可以听到他说的第一句是"什么事?",随后又听到万先生问:"你现在在哪里?"之后便听不清楚了。

良久,万先生从屋外回到床上,一言不发地躺了下去。过了一会儿,他对钱光越说:"睡觉吧,明天还要去村里细看的。到时你一边看,我一边再给你细讲。"

也不知道是谁的电话,说了些什么内容,但可以明显感受到万先生的情绪变得很低落,钱光越便没有开口询问,应了一句,睡觉了。

翌日一早,钱光越睁眼时,万先生似乎已经起身有一会儿了。这时能够听见公鸡打鸣声,距离大概是比较远的,听起来略显模糊。不过这已经足够了。对于第一次听着真正的公鸡打鸣声起床的钱光越来说,这种新鲜感将起床时的倦怠与迟钝都敲打得无影无踪。

早餐依旧是在村委会用了。江西米粉,外加几只土鸡蛋,非常浓厚的当地味道。

餐后,熊书记领着二人拐上了村委会门前的上行坡道。

"咱们就直奔主题,直接去莲子合作社先看看吧。"熊书记说。

乡村的公路就是一块块水泥板拼出来的,边缘要比土路高出一截儿。熊坊村的房屋大概并没有所谓规划的概念,除了朝向还算基本统一,其余便是随意散落在道路两侧。

路上并没有碰到什么人,倒是路过一些人家门前的时候,可以看到有老头老太坐在院子里,慢慢悠悠地择菜或是洗衣裳。熊书记和万先生都会远远地向他们呼喊一声打招呼问好。有的老人气力还足,也会回一句;有的看上去就颤颤巍巍的,便不出声了,朝这边咧出一个笑容,点头当作回应。

走了约莫十分钟的路程,没有见到一个年轻人。

熊书记摇着头对万先生说:"得亏你当时发现搞莲子这东西是条出路。村里留下的壮劳力我两只手就能数得过来,我当时真的是快要绝望了。"

"你们这里种莲、收莲子是老习俗,家家户户的老人多少都会些,不整合起来岂不是可惜了?"万先生回道。

"是啊,原来向上面申请过资金想做茶叶厂,结果劳动力不够,经验也不足,完全凭着感觉来。最后出来的茶叶品质糟糕,根本竞争不过别人,很快就卖不出去了。"

"所以还是要从自身优势找出路。"

"对! 这些村里的老人都是种着莲长大的,论水平,有几个怕是得算'莲子博士'。"熊书记笑着说,"你们帮着把合作社建立起来之后,其实不少人是不愿意加入的,就是因为原来我教你的那句话,你还记得不?"

"'欠十块,要恰(吃)烟;欠五十,要恰饭;欠一百,要活命。'是这么说吧?"

"对,就是这句。'等、靠、要'思想太严重了,就想着靠国家给钱活命。这贫困的帽子还就打算戴着不摘了? 好在村里我说话还管用,第一书记也做了大量工作。试行了一段时间以后,合作社算是把村子盘活了。那些观望的家伙现在也有积极性了。"

"一点不错，国家给钱养活，那是'输血'。必须让人们自己生产获利，自己能够站起来养活自己，这才是我们扶贫的真正目的，要'造血'。"

在来熊坊村的途中，钱光越已经知道万先生是江西南昌人，也算是地道的"老表"。万先生还向他科普了一下。江西省因为地处长江的枢纽位置，从古时候起，南来北往，流落至此定居的人口便不少。这造就了江西各地方言独特的体系。靠近湖北的，口音便像湖北一些。靠近闽南的，口音与客家话又相似一分。结果大家虽然都是"老表"，但是用方言交流起来，谁也不能保证都能听懂。但这丝毫没有减少"老表"们用自家方言亲切交流的欲望。或者说江西人实在倔强得很，听不懂也要听，交流麻烦也不管，图的就是一个亲切。

这些对话多半也是用方言交流的，钱光越当时只能勉强听懂个两三成，具体内容都是闲时直接问万先生才知道的。直到很久以后，在万先生的"熏陶"下他终于能够听懂当地人讲的方言时，回想起来，他才真正领悟到他们交流的内核。当然，这些都是后话了。

再向上走,映入眼帘的便是一座厂房建筑。这就是熊书记和万先生一直提到的莲子合作社了。

厂房前的院子里,许多老人坐在小木凳上围成一个圈。他们正在剥莲子壳,地下放着一个大盆,里头都是剥好的莲子。一旁铺着一张蛇皮袋,上面放的是剥掉的莲子壳。一只土狗安静地趴着摇动着自己的尾巴。和老人们一一打过招呼,寒暄了一阵之后,熊书记领头,三人进了厂房。机器已经在运转了,传送带上的莲子成批成批地被送去进行分拣。

熊书记从一旁的箩里抓了一把还未上机分拣的莲子出来,拿到万先生眼前,说道:"你看,都是同一个品种的。"

万先生点着头,捏起一颗莲子在手中把玩着,问:"这是我们上回买的那个品种吗?"

"就是那种。"熊书记又捞出一把莲子,双手捧着抖了抖,莲子在他手中翻动跳跃着,"这个品种真的好,比村里的原生种要好,饱满。"

钱光越也抓起一颗来瞧,白白胖胖的,煞是可爱。

熊书记接着说:"现在收的是今年成熟的第一批夏莲,时间比较早,产量还不到最大的时候。"说着,熊书记把一颗莲子放进嘴里,咬了下去,随即便皱起了眉头,抬头扯着嗓子朝车间里正在忙活的两个人喊道,"老王!停一停!没烘好!"

里头一人停下手头的活,回头扯下口罩也扯起了嗓子问道:"啥?"

"我说,莲子——没——烘——干!"

"说啥?"

距离不算近,声音被机器运转发出的声音盖去了大半,熊书记只好快步走过去说明。钱光越与万先生索性也跟了上去。

"我说这批没烘透,咬下去都没成粉粉。"

"噢,那我再搞一遍嘛。"

"要彻底烘干,赶紧的。"

离开轰隆的机器,万先生拽住熊书记说道:"老熊你不要怪我啰唆啊,品质一定要控制。公司到处疏通,好不容易进了市场,要站稳脚跟,靠的就是好品质,一旦这里出问题,销路说没就没了。"

"放心!我明白的,所以我天天都在这儿盯着呢。"熊书记戳着自己的胸膛回答道。

这时,一个似曾相识的声音在身后响起。

"万伯!"

转过身去,一个瘦小的身影已经跃到了跟前。

"二毛,你怎么到这儿来了?"万先生一惊。

"陪婆婆送莲子来了呗。"二毛回身指了指。通道口站着一位老婆婆,她脚边放着一个篓子,里头满满地装着新鲜莲子。

"婆婆,我来。"二毛就像是个小风火轮,一下又跃回老婆婆跟前,伸出双手把地上的篓子给端了起来。动作之快,吓得老婆婆直呼:"毛手毛脚的,别翻了去!"

"阿婆,您怎么自己来了?让二毛来就得了,快歇歇。"熊书记也上前搭上了手。

老婆婆看着几个人把她送来的莲子安置好。二毛却缠上了万先生,说着:"婆婆你先回去吧,他们肯定要去村子里看的,我带他们走。"

"村主任在呢,要你带做什么?"老婆婆训斥道。虽说是训斥,却也不见话语里带上了多少责备,尽是微笑。

见老婆婆不同意,二毛开始往万先生的方向挪动,同时拼命用眼神给万先生打信号,示意他帮自己说几句好话。

万先生被他给逗乐了,只能说:"阿婆,没事,让他跟着我们吧。一会儿吃午饭的时候再把他给您送回去。"

见万先生这么说,老婆婆立马松了口:"别给人添乱,听到没? 你这孩儿,刮塞。"随后便慢悠悠地回去了。

万先生小声告诉钱光越:"这是当地土话,就是皮的意思。还有,这里人管奶奶叫婆婆。"

一行人从三人变成了四人,继续着莲子合作社"观摩之旅"。

"老熊,莲子现在旺季的产量怎么样?"万先生问道。

"这个可就有说道了。"熊书记得意地卖起了关子,"我一直记得你当初提合作社方案的时候特意强调过,品质和产量是两个关键。厂子你给我们弄起来之后,就去年,国家在山那头的隔壁县搞了一个太空育种研究所,专门搞什么农产品航天育种的实验。"

"有这事?"

"那可不! 我一听,第一时间伸长了脖子去看,厚着脸皮给上面打报告,申请参与。嘿,真的成了! 咱们这个莲子现在也是航天育种的品种之一了。其实我也搞不懂这些个航天科技什么的,太高深。但听说可以改良品种,以后产量会逐年递增。"

"可以啊!"万先生激动得拍起了熊书记的肩膀。

"还不止这个。"熊书记领众人来到一扇门前。

万先生的兴奋劲儿还没完全过去,听说还有好东西,忙问:

"这是?"

"你看。"熊书记说着就打开了门,"你看了就知道了。"

出门便离开了厂房建筑,来到一片由大棚罩着的区域。这里摆满了一排又一排的木架子,如同列好阵的士兵一般,整齐地向远处延伸着。

钱光越注意到,架子上每个隔层之间似乎有什么东西排得满满当当的。他正想着要不要靠近细看,万先生已经激动地凑了上去,绕着架子来回转圈。万先生两手伸在半空,想碰那架子,却又生怕碰坏了,就这么举着。

"茶树菇!"万先生指着架子隔层内的东西,转身对熊书记说道。

"没错!"

那木架隔层里是一个又一个透明的小袋子,里头有许多的填充物。一簇簇茶树菇从袋子里探出头来,戴着橙黄鲜嫩的小帽子。

"咦?"万先生凑得更近了些,像是把头都塞进了架子里,似乎又发现了什么,"你这个培植料是用什么做的?"

"你猜猜。"熊书记的得意劲儿又上来了。

"猜不出,你讲。"

"猜得出,肯定猜得出。"

万先生无奈,只能又把头探了回去,想要找出菌菇包里的奥秘。

"让摸不?"

"摸,都可以摸。"

刚一摸到袋子里的东西,万先生眼神一亮,脱口而出:"莲子壳?"

"你看,我说你猜得出嘛。"说着,熊书记也把头探了进去,"通常都是用棉籽壳什么的来养,但我们没有。我就想,莲子壳行不行?你别说,莲子不容易长虫,咱们都是不打药的,没有农药残留,比棉籽壳好得多。"

"这个好,这个真的好!我还正愁只有莲子太单一,得想办法搞点副产品。咱们这儿产的藕比不过人家,没办法。但是这茶树菇没有农药残留的话,估计都达到出口标准了,销路肯定不会差。"

"我想出来的,怎么样?"

"厉害啊!"

"你夸得真诚一点儿行不行?"

"厉害!不得了!"

看着万先生和熊书记两人保持着钻隔层的姿势聊得热烈，钱光越看了看他们身后无奈的二毛，实在闹不清楚到底谁才更像孩子。

离开莲子合作社，时间已经临近午时了，熊书记决定先把二毛送回家去，不看着这小子进家门，天知道他又要到哪里野去了。

"二毛，昨天你自己怎么回来的？"万先生问道。

"四伯去镇上买药了，就让他捎上我回来了。"

"你发的那个传单是哪里来的？"

二毛朝一旁的熊书记努了努嘴。

熊书记愣了一下，随即恍然大悟，搔着后脑勺说："哦，原来你让村里别卖东西给那些二道贩子的时候，不是讲过要树立品牌的问题吗？后来我脑子一热，就上镇上去打了几份传单。"

"所以，那些上面什么也没写，就一句'欢迎来到莲子之乡'，再配个图的传单是你搞出来的？"

"我哪知道啊，咱也没整过设计，传单拿回来了才发现不对头。"熊书记一脸无辜地说着，"后来看二毛喜欢，就全给他了。还以为他拿着去叠纸玩了呢。"

"那我知道了，村口那块牌子八成也是你整的。"万先生顺藤摸瓜。熊书记只得连连告饶，说着"别提了，快别提了"。

四个人在乡间小道上走着走着便拉开了距离。万先生与熊书记在后头边走边聊，钱光越与二毛在前头。看得出来，二毛很喜欢万先生，但毕竟小孩还是更倾向于和同自己年龄较为靠近的人亲近。二毛一边甩着手里的狗尾巴草，一边和钱光越聊着天。

"爹娘都在外地打工，过年的时候能见上一回。阿姐嫁出去了，有时候会回来看看。就我和婆婆在这儿。"对于钱光越询问家里有些什么人的问题，二毛如是回答。

"怎么不去上学？"

"不想去。"

"为什么？"

"没人陪婆婆。"

两人就这么保持着一问一答的节奏。看着二毛用手里的狗尾巴草来回抽打着路旁的杂草，钱光越觉得有一种似曾相识的感觉。像是自己初到 S 市时，从出租屋的阳台上俯瞰夜幕下灯火通明的市区时的感觉；也像是无意间瞥见做饭的舅舅，顺手在围裙上擦手时突然停下，就那么呆呆地站着时流露出的感觉。

不得不说，语言是神奇的。这么多具象化的感情表现，最后只被总结为两个字：寂寞。钱光越自己被禁锢在了出租屋里，眺望着远处陌生城市的夜生活；舅舅被囚禁在了自己的生命里，追忆着妻女健在的过去；二毛被拴在了这个看不到和他同龄的孩子的小山村里，向往着家人的陪伴。钱光越无法说服自己相信二毛真的不向往校园生活，陪婆婆大概是尚且年幼的他为自己找到的最合理的借口。他也许只是还不能理解自己究竟为什么被困在这里。

看着婆婆将二毛领进屋后，万先生对熊书记是这么说的："二毛不愿意回学校去，就在合作社给他谋点事做吧。还有，别让他再去车站发传单了。冒冒失失的小鬼一个，车来车往的，总归不安全。宣传的事情你就放心好了，公司给你们兜着呢。咱们村的莲子已经能进城里的大超市了，口碑好得很。"

午餐草草用完，三人继续出发。

万先生告诉钱光越，下午要去一户人家，是村里的特困户。这一户家里只有一个女人，丈夫早年出门打工出车祸去世了，留下一个年幼的儿子和她相依为命。但是她自己患有先天不足的疾病，勉强能生活自理，基本没有参与农业劳动的能力。靠着村里人可怜她，她硬是把唯一的儿子拉扯大。儿子大了之后就想要去城里打工,跪在熊书记面前哭得一塌糊涂,求熊书记多帮帮忙,照顾好自己的母亲,怎么都拉不起来。

"当时正好是我和小郑来这里扶贫的第一个年头,被我们撞见了。"万先生现在说起来还是感慨万千,"心痛,总之就是心痛。唯一的念头就是马上给领导反馈,要批专项款来帮助他们。让那小子现在去打工也就解决一时温饱。那么好的一个小伙子,荒废前程不说,想要拔掉穷根,还是得靠读书。"

再后来,小伙子去了县里读师范生,都是国家出的学费。公司为特困户提供的生活费支持让他也不必担心家里的母亲。

"那小子现在应该在学校吧?"万先生悄悄地凑过去问熊书记。

"这时候是在学校。"

"那就好,我现在怕见到他。"

"怎么?"

"每次见到我就要跪下去,死倔,拽都拽不住,这哪个吃得消?"

进了院门,就看到一个身形瘦小的中年女人正抱着一个小盆从屋里慢悠悠地往外走,看上去和正常人并没有什么区别,除了歪着的脖颈与僵硬的一条腿。

熊书记打头,上去打了个招呼。女人突然像是被一根看不见的丝线牵动着一般,不自主地抽动着自己嘴部的肌肉,整个人显出一种既别扭又痛苦的表情。她挣扎着张开口,可以看到脖颈处逐渐显现的青筋,但是没有像样的话语从她的喉咙里发出来,只有气流通过喉咙的嘶嘶声。

万先生和熊书记赶忙上前一左一右扶住了她,慢慢挪向一旁的椅子,让她坐下来。

"别激动,别激动。"二人安抚着她的情绪。

路上便听说了,她激动时会不自觉地抽搐起来,话也说不出。没有话语,从女人的眼睛里却能读出许多感情。神奇的语言还是将这些情感都总结为两个字:感谢。她却连说出这两个字都做不到。

这让钱光越唏嘘不已。

太阳落山,一天的时间很快就要结束了。

回到村委会,用完晚餐,钱光越打开了笔记本电脑,开始处理工作邮件。外头走廊上,万先生还在与熊书记聊着,他们似乎有说不完的话。万先生对于晚餐依旧不能忘怀,夸赞之声不绝于口。回想起那时的情景,万先生吃着碗里的茶树菇炖鸡,如同中了邪一般,不停念叨着什么"绿水青山""无公害"。钱光越一边敲打着键盘,一边拼命忍住不让自己笑出声来。然而抛开万先生的反应,单从自身的感受而言,这种鲜美确实是在城市里从未尝过的。这样美好的感受,实在是想要把它包装起来带回去。

带回去? 是的,带回去。

这个念头闪过的一瞬间,钱光越仿佛触电一般挺直了身子,接着立即掏出口袋里的便签本。将这种自然且纯正的美好搬去城市,这不也是现在城里的消费者们趋之若鹜的东西吗?

过去从没有接触过农村,此时此刻他恨不得自己是从这里的土地里长出来的。话虽如此,毕竟只是一个念头,要付诸实践还为时过早。于是他在纸上写下了"城市"与"农副产品"六个字,并在两者之间画了一个箭头作为标记。他似乎觉得还不够,又画下一个大大的圆圈,将六个字圈了起来,接着重重地用笔在一旁点了一下,合上了便签本。

"我已经和你说过一万遍,不可能!"

走廊上传来的是万先生的声音,显得非常气愤。虽然相处时间不长,但是钱光越很难想象万先生也会像这样提高嗓门,严厉到近乎呵斥地说话。他悄悄让视线越过窗沿,可以看到万先生正在打电话。

"你自己去想办法吧,别再打给我了!"说完,万先生挂断了手机。钱光越赶忙收回视线。

"别发那么大火啊,身体吃不消的。"熊书记在一旁劝着。

之后,外面的二人又恢复正常的音量交谈着。到底是谁的电话呢? 大概和昨晚打电话来的是同一个人吧。钱光越按下回车键,这么想着。

次日一早,返程的时间。

正在陪二人等待二毛叔来接的熊书记接到了一通电话,说是有些事耽搁了,要稍微等一些时候才能到。

"来得及吗?"熊书记问。

"没问题,来得及。"万先生回答。

"那要不要上山去看看?"熊书记站了起来,"反正闲着也是闲着,你不是特别喜欢山上的映山红吗?"

"开花了吗?"万先生一听,来了兴致。

看了看窗外,正飘着毛毛细雨。熊书记说:"早就开了,但是今天下着雨,可能不会那么好看。"

"没事。走,去看看。"

钱光越自然没有意见,点头表示同意。向村委会借了三把雨伞,三人沿着小路往坡上走了。

很难具体描述这样一种感觉。钱光越向山间眺望,只见细细密密的雨中,深山仿佛有生命一般在鼓动着脉搏。借助雨水的着色和留白,目力所及处皆如水墨画一样富有深度。

雨天路滑,欣赏着远处景色的钱光越一个没留神,脚下出溜,好在身后的熊书记扶了一把,他才没有跌倒。

"当心,这里路难走。"

走在前头的万先生回过头来,笑道:"红军走过的地方哪有好走的?"说着,他指了指远处的重山,"原来就是在这些山里,红军打过反'围剿'。"

听万先生说到这个,熊书记想起了什么,说道:"哎,昨晚上我不是跟你说咱们村要准备摘帽子的事吗? 就因为这个,微信里和老沈说了,那家伙可劲来酸我。"

"酸你什么?"

"说我们村这边就因为以前红军来过,打仗的时候死了好多人,现在国家搞扶贫,我们就有优先权,得了照顾。"

"扯淡。"

这大概是钱光越与万先生接触到现在，从他嘴里听到的最粗俗的词了。

"红军到过的地方，哪个不是环境恶劣的？不先扶你们扶谁？你下次就这么跟他说。"

当注意力从万先生与熊书记的谈话再转回山上的景色时，路旁的绿色植被中已经出现了鲜红如火的映山红。一株又一株，一簇又一簇，红得像是要燃烧，艳得仿佛是要融化。经过时，像穿过了一片又一片火红的云彩。

转过一个道口，踏上一块开阔的坡道。山风吹过火红的花海迎面扑来，带着山间泥土的气息，像是卷起了一层映山红的海浪，竟能让人一时间忘记了呼吸。钱光越已经无法思考如何去赞美眼前的景象，脑中如同一张白纸，在雨声里从一角开始，逐渐染上了映山红的颜色，铺散、蔓延开来。

二毛叔迟到是因为他自顾自去借了一辆新车。他以为万先生觉得老桑塔纳不舒服。这让万先生又气又好笑。这辆车钱光越也是认得的，新款的斯柯达。

再驶上来时那条山道时，天空已经放晴了。降下车窗，向远处的山峦望去，一条条红色的脉络沿着山脊蜿蜒曲折，绵延且长。这一刻,钱光越似乎明白了为什么之前看山川会有一种生命脉动的感觉。漫山遍野的映山红,如同奔涌的血流,给这片土地注入了新的活力。

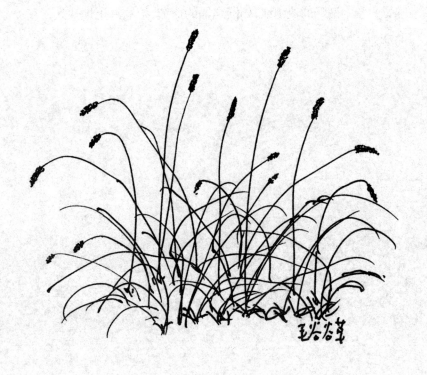

■ 五

　　S市的夜景无论看多少次,都会让人觉得璀璨华美。远处光芒闪烁的斜拉跨江大桥如同一架金色的参天竖琴,在百公里外似乎都能听见这座城市夜生活的乐音。

　　钱光越关上了复印机,回到自己的办公桌前坐下,整理完手中的文件,拿出手机摆弄着,准备一会儿启程回家。

　　一只手搭上了他的肩头。不需要回头确认来人是谁,这只手的动作实在太熟悉了,钱光越的视线依旧没有离开手机屏幕。

　　"新婚不久就开始晚归了吗?嫂子真可怜。"他说。

　　郑当收回了手,笑道:"还不算晚。走,一起吃个饭。"

　　"今天轮到我挑地方了。"

　　"是轮到你了。想吃什么?我请客。"

"烧烤。"

"行吧。"前辈答应得很爽快,但钱光越明白他想说的应该是"又是这个"。毕竟每回轮到钱光越选择时都没有过例外。

夏季的烧烤店都将桌椅搬出了店门,供食客们在露天环境里享受美食,而不必在开着空调的室内忍受烟熏火燎之苦。

"玩得开心吗?"钱光越问。

"挺开心的。她说这半辈子的情调这一趟都用完了。"

"不只情调,还有存款。"

"请你吃一顿烧烤的钱还是有的。"

"那我就放心了。"钱光越说着又从烤串盘里拿出一串牛肉啃了起来。

"这一次下乡扶贫感受如何?"郑当问。

"感受啊……"钱光越用嘴拽下一块牛肉吞下,稍稍思索后说,"真不好说。很有新鲜感,原来农村是长这样的。其他的我就说不上来了,基本都是听万先生讲,看他做。当然,也算是学到了一些东西吧。"

撕下最后一口牛肉,钱光越把铁签扔进签筒里,继续说道:"这个村已经要摘帽子了。我去看了莲子合作社,陪万先生去了特困户家里,给她送了些生活费。噢,还有个叫二毛的小孩你知道吗?"

"知道,皮得很。他怎么了?"

"没怎么,挺可爱的。第一天碰着了,还给我发他们村的宣传单来着。"

钱光越说到这儿突然想起了什么,从裤兜里掏出自己那本便签本来,对郑当说:"差点漏了这个,这算是我这次最大的收获了。"

"什么收获?"

前辈接过钱光越递来的便签本,上面支离破碎又圈圈画画的,着实让他摸不着头脑。便签这种东西,大概只有本人才能解读得了记录的内容。

"是这样的。"钱光越又把便签本拿了回去,"现在城里但凡生活条件还过得去的,都要讲究一点绿色食品和健康生活。这次我看到熊坊村他们的农副产品生产是基本无污染的,如果我自己能建立一个渠道去进货来城里卖,那说不定可以卖得很好。"

郑当放下了手里的签子,没有说话。

钱光越以为他还没有理解自己的意思,接着说道:"如果我想得没错,渠道一旦建立起来,不仅我可以实现自己创业的目标,相应地,供货地的贫困村也可以多一个稳定收入,岂不是两全其美?"

"你清楚自己在说什么吗?"郑当叹了口气,皱起眉头,严肃地说。

"嗯? 哪里没说清楚? 那我再说一遍……"

"我是问你,知不知道自己刚刚说了什么蠢话?"

"什么意思?"钱光越这时候才发现前辈此时的表情是异常严肃的。

"你这样做就是在挤压贫困村仅有的脱贫路线。"

"我这是在帮他们解决出路,怎么就变成挤压了?"面对前辈的指责,钱光越感到怒意像快要煮沸的开水一般,低沉咕哝着要翻腾起来。他索性将面前的两瓶啤酒推至一边,两手环抱着撑在桌上,大有要好好辩论一番的架势。

"不是挤压? 那好,我来问问你。"郑当将身前的烤串盘推到了另一边,以同样双手环抱的姿势拉近了一些两人之间的距离,"如果你生意失败了你会怎么做?"

"我都还没开始做,仅仅是计划而已,怎么就和失败扯上关系了?"前辈这话令钱光越很不愉快。

"你有启动资金吗?"

"没有。这个等计划谋定了总是有办法的。"

"那我就理解成你是基本要靠贷款来解决了。"

这是事实,钱光越只能点头。

"有了启动资金,那你现在有两条路可以走。"郑当捏起一根铁签,碰了碰一旁的玻璃酒瓶,发出叮叮的声音,"第一条,有限公司。以你的条件,能贷的数目大概是很有限的,光是有限公司需要的注册资本估计就已经全部扔进去了。"

"第二条,"他又敲了敲另一个酒瓶,"无限公司。咱们都是做金融工作的,就不多说这种没营养的话了。我觉得你也不会傻到去冒这个风险。"

"还有……"

"我知道你想说什么。"前辈将手里的铁签往桌上轻轻一扔,打断了钱光越的话,"你是想说分期出资是不是?你第一批能出多少?五万块钱能拿得出来吗?"

"呃……"钱光越就算把口袋掏空了,可能也拿不出五万块钱用来做生意。

"好吧,那我就算你第一批能拿出三万块钱来。只要和你做生意的人不是傻子或者赌徒,总成本加起来是绝对不会超过三万这个数字的。我们平时反复强调要审查对方的营业资质,其中的道理你也懂。"

"那么，"郑当塞了一块口香糖进嘴里，接着说，"就先当人家书记和村主任都吃饱了撑的愿意和你合作。这三万块的生意能给你带来的经济利益是显著的，但是对于整个贫困村而言呢，能起到多大作用？这只是一方面。生意人都是趋利避害的，在成本有限的情况下，你要怎么扩大收益？是以次充好，还是短斤缺两？"

钱光越没有说话，他在思考。

前辈的话还没有停："你自己说这一趟也算是学到了一些东西。我相信万先生一定和你讲了产量和品质有多么重要。扶贫无论采取什么样的形式，最后终归是要让贫困人口得到切实好处的。国家扶贫与企业扶贫不仅是社会责任的体现，也是运用大体量经济运作兜底。换言之，你以个体形式运作，一旦出现大量亏损，最有可能的结果就是你跑路，而贫困村的产品口碑受到打击。"

"所以，说到底，"郑当把口香糖吐在了纸巾里，"你这样的做法就和那些二道贩子没有什么本质区别。这也是我坚决反对的原因。"

不得不承认，前辈说的话确实是在理的。钱光越绞尽脑汁也没办法给自己找出任何可以反驳的切入点来。但他还是觉得非常不甘心,甚至有一点生气。

"那你的意思是我就不能争取自己改变命运了?"

"我没有这么说。"

"别说三万块钱,发了工资,房租、水、电,把我从头到脚筛一遍,我还能剩下几个子儿? 扶贫扶贫,我难道不算穷?"

郑当换了个姿势,向后仰了些,和桌子稍微拉开了一点距离。"你当然可以去改变命运,我一直都支持你自己做一番事业。我只是对你这次提出的计划表示反对。"略微停顿之后,他强调了一遍,"坚决反对。"

把便签本收回了兜里,钱光越还是胸中难平:"我觉得你并不支持。"

前辈叫了声"结账",凑近他说:"你信我,我支持你。但是对于扶贫和贫困村,你了解得还太少了。他们甚至连自救的机会都没有。"

这是今天两人交谈的最后一句话。钱光越对于前辈的说法理智上是认同的,只是情感上还不能完全接受,他需要冷静一下。

快到自己租住的住所时,钱光越远远地看见楼前有一个略感熟悉的身影。似乎是他的那位舅舅,但他不能肯定。毕竟舅舅并没有此时此刻出现在这里的道理,而且舅舅应该不知道他的住址。

那个身影蹲坐在楼前的水泥墩上,手里正夹着一支燃着的香烟,有节奏的忽亮忽暗的光点在夜色里隐约可辨。

随着距离越来越近,钱光越越发不能确信自己的判断。实在是太像了。

这个人面前路灯照着的地上横七竖八地已经落满了烟头。当钱光越走到距离男人还有几米时,他站了起来,迈步向一旁的小卖部走去,并向快要收摊的大爷买了一包烟。

"一包红双喜。"他说。

大爷颤巍巍地转身朝向货架,随即又转了回来:"哪种?"

"硬包的,十一块。"

钱光越现在基本能够肯定了,走过去喊了一声:"舅?"

男人闻声转向这边,嘴里正叼着一支刚拆包的烟。确实是舅舅。

"你来这儿做什么?"钱光越问。

舅舅缓缓点燃了嘴里的烟,吸了一口,又吐出一阵烟雾,答道:"来找你。"

他的声音听上去和上回见到时完全不一样,大概是刚刚烟抽多了的缘故,有一些沙哑,如同一只上了年纪的旧沙槌;声音也不像当初钱光越见到他与拆迁办工作人员争执时那样有力,透出一股浓浓的疲惫感。

"你怎么知道我的地址的?"

舅舅掏出手机,给钱光越看。他才想起,自己在舅舅那里借住的时候曾经因为手机停机,借舅舅的手机网购过,而收件地址就是自己现在的住所。想来当时是下意识点了保存地址。

"怎么也不先打个电话给我?"

"嗯……发生了点事情。"舅舅没有正面回答他的问题,又吸了一口烟。

"那要不先上楼吧,喝点什么慢慢聊?"

"嗯。"

见舅舅点了头,钱光越转身向通往住所的门洞走去。可他还没走出两步远,手臂便被人拽住。

"等等。"舅舅说道,然后放开了抓住钱光越的手。他手中的香烟此时也转到了拇指和食指之间,被揉搓着左右旋转。虽然不清楚他想要说些什么,但钱光越感到这件事一定不那么好说出口。

沉默良久。"你这里,"舅舅将快要烫手的烟头扔在地上,问,

"还能住人吗?"

"呃……什么?"

"就是说,"钱光越的反应让他显得更加局促和烦躁,"我现在没有地方住,能不能在你这里借住一段时间?"

"挤一挤倒也还可以,但是发生了什么事?"钱光越从惊讶中回过神来,问道,"那栋房子怎么了?"

"早就拆了,两年前就拆了。"

"那现在呢?来这儿之前你住哪?"

"拆迁的时候,我没有要动迁房,"也许是话说多了,舅舅的烟嗓逐渐变了音调,随后他干咳了几声接着说,"全部换成了补偿款,去各地跑生意。就一个人,到哪里就在哪里租房子住。"

"生意亏了?"

"算是吧……"

"欠了债?"

听钱光越这么问,舅舅抬头看了他一眼,随即又低下头去,也不知是不是在数着自己脚边的烟蒂。舅舅答道:"没有。但租房子的钱也没了。"

自己的房间多住一个人,除了谁睡床、谁睡地板以外,应该也不会有别的什么更复杂的问题。此时钱光越更在意的倒是舅舅有没有对自己说实话。

"唉,那先住我这里吧。你带行李了吗?"虽然他很想知道到底发生了什么以及会不会给自己惹麻烦,且按照他的理解,和舅舅也并不算非常亲近,但眼下也没必要对事实上的亲人如此刻薄,至少让舅舅借住一段时间还是可以做到的。

"带了。"舅舅指了指刚刚坐着的石墩,靠阴影的一侧放着一只看上去就很笨重的手提箱。

"先说好,家里不准吸烟。"

"嗯……"舅舅无奈地把刚叼上的一支烟塞回了烟盒,提起手提箱跟了上来。

小卖部的老大爷此时关了灯,锁好了门,向这边瞅了一眼,说道:"哎哟,一地的香烟屁股,明早人家扫地有的忙了。"

钱光越尴尬得只能连连道歉,赶紧领着舅舅往门洞里走,遁入一片昏暗中。

回到住处,舅舅放下行李,说需要买东西,又直接出了门。钱光越换下衬衫,踩着拖鞋来到凉爽的阳台。远处的城市夜景依旧如同一场盛会,他幻想着那些灯光下也许总有人在不知疲倦地舞蹈或是争斗。

　　低头时,钱光越的视线穿过漆黑的旧楼和杂乱的空中接线,落在了走到门洞口暴露在路灯下的舅舅身上。他寻到刚刚坐的那一只石墩,俯下身,又站起,循环往复,不知在做些什么。钱光越却突然改变了看法,自己大概率不会因为收留舅舅而惹上不必要的麻烦。他的脸很热,也许是因为风很干燥。

■ 六

"备用钥匙我放在冰箱上面了,伸手就能够到。我大概要一周才会回来,吃的都有,不够自己去买。"

钱光越交代完这些便要出门。回身准备带上门的时候,他看着坐在床边不知在想些什么的舅舅,忍不住补充了一句:"记住别在屋里抽烟。"说完仍然觉得不妥,再补充道,"赶紧找份工作吧。"这才关门离开了。

这是舅舅借住到自己这里的第四天了。

背着一只小旅行包乘上地铁,钱光越搓了搓鼻梁。舅舅的事情是肯定要解决的,但现在优先级更高的事情已经摆到了自己面前。

上次与郑当不欢而散之后,钱光越心里就堵着一口气,急需一个让他能够证明自己的想法并能驳斥前辈的机会。而机会与其说青睐有准备的人，不如说更垂青对其有渴望的人。

"光越，老大在会议室叫你。"

"叫我?"

会议室里是与前一次去熊坊村时同样的人员配置。领导坐在主座，一旁是万先生与郑当。

"小钱，进来把门带上，我们准备开始了。"领导见他来了，说道。

"那么情况是这样的，"领导抓过手边的一份文件，说道，"为了响应交易所的新倡议，公司决定在大别山区增加一个对口帮扶村。"

"但是熊坊村的帮扶计划是不变的，"略微放低拿在手中的文件，领导让自己的视线得以越过纸张看向其余三人，"所以现在你们得讨论出一个分组来：一组去大别山区开展新工作；另外一组继续在熊坊村工作，直到他们正式摘帽为止。"

犹豫片刻，郑当先开了口："制订扶贫计划万主席经验丰富，肯定是离不开他的。那主要就是我和钱光越谁去……"

"我和万主席一起去新帮扶村。"钱光越打断了前辈的话。

他也被自己的选择吓了一跳。至于理由,那大概是缘于一种还未退干净的"你说我不够了解,那我就了解给你看"的孩子脾气吧。

于是,在车站与万先生会面后,二人再一次踏上扶贫的旅程。

一路上,车窗外的乡野风光依旧令人感到舒畅。在当地县里下火车之后,需要再转乘汽车前往村落的方式与上一回也如出一辙。

"好的好的,我们就在小超市的对面等着。"

由于是第一次来,万先生事先联系上的是交易所在当地挂职的副县长,并由他统筹联络村干部进行安排。

万先生刚挂电话不久,一辆银灰色的小轿车便停在了二人跟前。来的是一辆在驾校随处可见的斯柯达汽车,钱光越注意到车子右前轮处有一点明显碰擦掉漆的痕迹。

驾驶座上是一个看起来非常精壮的男人,年龄估摸着应该在三十五到四十岁,穿着一件深色条纹的短袖高尔夫球衫。见二人一前一后上了车,他笑着说道:"欢迎欢迎,我是水光村的村主任,我姓赵,叫赵跃进。"同时伸手欲同刚在副驾驶座位坐定的万先生握手。

万先生立刻回握,并做了个简短的自我介绍,随后反身系上了安全带。赵主任挂了个挡,踩下油门,轿车便朝前奔驰了起来。不过还没开出去多远,车里就响起了叮咚的警报声。钱光越坐在后座,并不清楚是什么原因。万先生在副驾驶位置就看得比较清楚了。

"赵主任。"他说道。

"嗯?"

"你的安全带。"万先生指了指。

"这个啊,嗨!"赵主任笑了笑说,"忘了忘了,这声音确实是挺烦人的。"说着便伸出一只手去拽一旁的安全带。但是他并没有将其扣好,而是在二人惊愕的目光中将安全带从自己的背后扯了过来,插进了座椅边的卡扣里。别说钱光越了,怕是万先生这大半辈子也没有见过几个能这么"离谱"的人。敢情他扣上安全带竟只是为了让汽车不再发出那恼人的警报声。

"主任,你这……"万先生忍不住了。

"哎,您别着急,我这就好好给您介绍介绍咱们村的情况。"赵主任似乎完全会错了意。

就在这说话的当口儿，前方的红绿灯跳转到了黄灯，正在闪烁。赵主任瞅着还有一小段距离，也不刹车，一脚油门到底。伴随着引擎的轰鸣声，钱光越感受到座椅似乎都害怕得和自己贴在了一起，轿车则飞一般地穿过了路口。这还没完。见前方是一辆行驶缓慢的小面包车，赵主任立马决定变道。从操作的动作上可以看得出，他的驾驶技术是十分老到的，除了不打方向灯以外。果不其然，后方被别停的车开始猛按喇叭表达不满。钱光越看到，上一回在崎岖的山道上行车依然谈笑风生、淡定自若的万先生，此时亦不自觉地握住了车窗上方的把手，握得死死的，不肯松开。

"咱们村呢不算是贫困村，是属于贫困县里的一个普通村，这个就不啰唆了，您肯定是知晓了的。"赵主任接着说道，"但是问题呢，就出在这上面。"

"怎么说？"万先生一听到和扶贫相关的话题，就被轻易地转移了注意力，也放松了握把手的力度。这下，车里便只有钱光越一人在担惊受怕中凌乱了。

"咱们原先条件比起同地区的其他村子肯定是要好上一些的。但是再怎么说也还是贫困县下辖的村，和其他地方比起来，那肯定还是有些差距的。"说着，赵主任又变了一次道。这次他倒是好好地打了方向灯。

"国家的贫困地区优先策略提供了太多便利,结果几年下来,周围一众贫困村经济飞速发展,不少已经摘了帽子。倒是我们村,高不成低不就,经济反而是在逐年倒退。现在就剩下那么一口气,挂在贫困线的边缘晃荡着。唉——"这一次,赵主任说着话,直到下一个路口拐上了山路也没把之前的方向灯给打回来。

进村的山路比起上一回去熊坊村时走的路,没有那么崎岖,来往的人和车辆也多了不少。村口土路边一群拿着藤条追赶打闹的孩童亦增添不少活力与生气。路过两户池塘边的人家时,钱光越还看到一个中年男人拿着一人多高的竹竿,正把鸭群从水里赶到岸上。

即使是在车里不能细看,这一点仍然十分明显——水光村的基础条件相比熊坊村是要好上不少的。路上也不是老人成群,年轻人与孩童也能见到。

赵主任一个右拐,斜停在了一栋楼前。白墙平顶,也是二层,与熊坊村村委会如出一辙。但不同于熊坊村的安静空阔,这里一楼走道前停满了自行车,仅仅留出两人宽的通道来。左侧是一家杂货店,门口堆满了各种纸箱货物。右侧则是一间简陋的肉铺,门前暗红的血污流了一地,看得出时间非常久远了。

赵主任连按了几下喇叭,不一会儿便从二楼的窗口探出一个人来,年龄不好估计,可能在三十上下,戴着一副金丝边眼镜,头发梳得一丝不苟,浓浓的年代感装束尽显斯文。他表现得有些慌乱,没有出声,倒是向着楼下的赵主任不停地做着手势。钱光越还没看懂他手势的含义时,他就消失在了视野里,似乎是身后有人在叫他。

随后,从二层下来了三个人。领头的男人五六十岁的样子,个头不高,眉角略微有一些苍白,笑起来的时候脸上的皱纹便也跟着加深起来。

"跃进,怎么我都不知道今天会有扶贫工作的同志到村里来呀?"他开口第一句话是对赵主任说的,也不等回复,立马又转过方向,拉起了万先生的手,"有失远迎,我是这里的村书记。"

"你好你好,我听副县长提到过你,是牛书记对吧?"

"见外了,喊我保国就成。"

一群人再次挤过两堆自行车中间的那条狭窄通道,进入村委会内。

走上楼梯,钱光越发现,这栋建筑倒是别有洞天,其结构并不像在外边看到的那样方方正正,一层与二层之间还有一扇通往别处的小门,就开在楼梯转角处的墙上。这是干什么用的房间呢?钱光越寻思着,抬头在门框上看到了一个不太起眼的标识,上面写着"卫生间"。转身准备继续往上走,侧面又是一扇玻璃拉门,门上挂着餐厅的标牌。

终于来到二层,一行人进到办公室里坐下。上楼时已经听牛书记介绍了,戴眼镜的那位姓张,是村里的文书。另一位似乎是村里比较有钱的老板,经营了一些小产业,姓黄,一般都喊他黄老板。

牛书记和万先生开始攀谈起来,相互了解情况。这些都非常正常,让钱光越比较在意的是,虽然牛书记一直笑眯眯的,但赵主任从进门开始就没怎么开过口,显得有些不太自在的样子。上楼时,张文书和赵主任走在最后,钱光越勉强听见赵主任压低声音问了一句:"他不是出去了吗?"不能确定赵主任说的是谁,但是感觉指的应该是牛书记。

"牛书记,还是先跟我们讲讲村里经济的实际情况吧,资料毕竟是有时效性的,还是得听当地人讲才真实有用。"万先生问道。

"是,你说得一点不错。"牛书记跷起了二郎腿,试图让自己坐得再舒服一些,接着说,"不过这个你知道,也不是很容易说得清楚。这样，你说说你已经了解的，我看看有没有需要补充的。"

"咱们村并不是贫困村，对吧？"

"确实不是。"牛书记点了点头，然后从上衣口袋里摸出一包香烟来递给万先生。

万先生连连摆手，说道："不会。"

"噢，那你不介意……"

"不介意，请便。"

牛书记又递向钱光越，钱光越也表示不会，他这才抽出一支来点上。

"周边的贫困村因为有政府照顾，都在稳固发展，反而咱们村近些年来的经济状况不太乐观，是不是这样？"万先生继续问道。

"哈，没有的事。"

"没有的事？"

书记笑了，弹了弹烟灰："你听谁说的？不会是副县长吧？"

万先生扫了一眼赵主任，犹豫了一瞬间，答道："没有，副县长也只是负责牵个线，别的没有多说。看来资料确实严重滞后。"

"也不尽然。"牛书记也看了一眼赵主任，又深深地抽了一口，"怎么说我们还是贫困县下辖的，真要说有多好那肯定是瞎话。不过我们村土地面积大,也有自己的产业,论这个发展,我个人觉得还是乐观的。"

"噢? 什么样的产业?"

"嗯,这个问他本人就最合适。"牛书记向一旁黄老板的方向摆了摆头。

光看长相,黄老板就非常符合一般人印象中典型的小生意人形象:体格不大,但看上去似乎很有力,不留太长的头发,说起话来两只略大的耳朵微微抖动,透着一股机敏劲儿。

"是这样的,我在咱们村里建了一个农庄酒店,平时搞搞生产,节假日啥的还可以办办活动。"

"那规模大吗?"万先生问。

"应该算是蛮大的吧。"说这话时黄老板看了一眼牛书记,"村里的贫困户都被我给雇完了。"

这个时候牛书记看了看手表,站起来打断了他们的对话:"正好是中午,也快到饭点了,说这么多不如直接去看一下来得实在。就这样吧,午饭一起去农庄吃好了。"

"对对对,实际看看更直接。"黄老板附和道。

于是除了张文书以下午要去县里办事为由推辞了以外,其他人则一同前往黄老板的农庄用午饭。

农庄规模的确如黄老板所说的那样,很大,连建筑加上周边的菜地和养殖区域,在钱光越看来,面积比三四个篮球场都要大,而且就坐落在村子的中心位置。四层高的洋楼顶上,"金菜园"三个金闪闪的大字挂在那里,很是惹眼。

"那边的房子是做什么用的?"显然万先生的好奇心也不止于此,他指着远处两排像是厂舍的蓝顶建筑问道。

"大的里头是养鸡的。小的那个是个猪圈。"黄老板答,"这里主要是为了养殖,划了四亩地出来。"

"黄老板手上的地还有四百多亩。"牛书记补充了一句。

"四百多亩?"万先生吃了一惊,"那不是差不多整个村的地都在这儿了?"

"基本上吧。都是通过土地流转过来的,刚刚跟你讲的产业就是以这个为基础。"牛书记说道。

按照黄老板所说的,他相当于花钱包下了水光村所有的种植地,每个季度按照收益再反馈给把土地流转给他的农民,这还不包括他雇用大批当地人来帮他种地的佣金。看来是相当有本钱的了。

"都种些什么呢?"万先生刨根问底。

"主要是种各色蔬菜。喏,你看那边。"黄老板指了指不远处地里的几个大棚,"那边是专门种生菜的。还有白菜、青菜、莴苣之类的,都是常见的品种。"

"卖到哪里去呢? 销路怎么样?"

"一般是卖到镇上和县里一些学校、机关的食堂去,也会卖给一些菜市场。"

说话间,众人已经来到金菜园楼下。

一楼是一间小超市,门口的塑料布门帘向两边撩起扎好,柜台后只有一位老大妈,正在看电视。店里售卖的物件种类颇多,能想到的生活用品和食品基本都能在货架上找到,在门口的角落旁甚至还可以看到一些儿童玩具。不过从它们那蒙着淡淡的一层灰的塑料透明包装上可以看出,销量应该是非常惨淡的。如果钱光越的判断没错的话,商品的亮丽程度可以代表销量,那这里卖得最好的应该是老大妈身后陈列的各种香烟,货品俱全,一尘不染。

小超市隔壁就是金菜园的正门入口,里面是所谓的大堂。当然,它一点也不大,一个柜台,外加茶几与沙发,还有一台老式的中央空调。

黄老板领着一行人上了二楼的食堂，与想象中的圆桌餐巾玻璃转盘不同，这里只有木制的方桌和四条长板凳。这种比较贴合环境的摆设反而没什么违和感，让人比较舒心。

"楼上都是客房吗？"就座后，万先生问黄老板。

"对，都是。"

"这都住不满吧？"

"那肯定是住不满的啊，哪有那么多人来住旅店啊。"黄老板尴尬地笑了起来。

牛书记擦了擦手，接过了话茬，说道："我早就跟他说了，别搞什么旅店，这不闹笑话 不听我的，现在基本就是晾着。"

"原本是觉得村里山清水秀的想要弄弄旅游，学着搞个农家乐。"一路上都没怎么开口的赵主任这时候插了一句，但马上遭到了牛书记的驳斥"你怎么还在想那些不切实际的东西？"

没有人再说话，场面变得非常尴尬。

牛书记又点起了一支香烟，说："早些时候他们觉得弄旅游不错。我就和他们说了，那东西你看着别人弄能赚钱，可是风险也大得很。首先要搞清楚的是自己能不能做，有没有条件去做。"他往烟灰缸里弹了弹，继续说道，"没记错的话，就两年前，有一个什么县，借债搞旅游。四百个亿啊，我想都不敢想。县里借债，这钱谁来还？不就压到了当地税收上吗？老百姓不吃不喝几年也还不上啊！更可笑的是，这工程搞到一半还停了，留下一地鸡毛。"

牛书记说着话，烟很快又烧完了，便要拿一支新的出来，被黄老板给按了回去："好了好了，你少抽两根，又不是什么好东西。"他转过头来对万先生说，"所以旅店平时就不开了，但过年过节的时候很多在外打工的年轻人回来探亲就派上了用场。"他说到这里向钱光越看了看，微微点了点头，可能是因为在场的只有钱光越算是年轻人，"年轻人嘛，出去看了大世界，习惯也不一样了。有些人家里也没那么多地方，住着怪拥挤的，这时候就会来我这里开个房间。因为这样，三楼我还特意重新装修了一个卡拉 OK 厅，他们喜欢得紧。"

"噢，那我就明白了。所以之后就开始土地流转，把产业重心放在了种植上。"万先生一点就透。

"是的，就是这样。"

"万老板这次来，身上是带了任务的吧？"牛书记问。

"我哪里是什么老板啊，也是打工的，快别这么叫我了。"万先生摇了摇头，"确实是带了任务，就是要帮助水光村发展集体经济。"

"这个我知道，我其实想问的是，你要给公司完成一些什么任务？"

可能没想到牛书记会问得这么直接，一向灵活自如的万先生竟第一时间没办法做出反应。他顿了一下，还是选择直接回答："那还是帮助水光村发展集体经济，这样成果就可以满足企业今年分类评级标准需要的实绩。"

"那好办。"牛书记侧了侧身，让老妈妈把菜给端上了桌，接着说，"就像我之前说的，水光村现在的经济发展情况还是很乐观的，完全不需要用你们帮助贫困村的那一套来进行操作。但是既然你们有任务在身，那也不好让你们白跑一趟不是吗？所以我现在有一个提议，你看合不合适。"

"这……你说说看。"别说，万先生还真没有碰到过这样的情况，所以出现极为罕见的犹豫。连钱光越在一旁听着也觉得这并不符合预想，绝不是正常的开展工作。

"你们也看到了，村产业基本都集中在黄老板的菜地，土地使用和人员雇用都是要给农民们发钱的。黄老板的菜卖得好，那群众得的自然就多。反正你们主要的帮助法子也就是投资，我说得没错吧？那直接就给金菜园投资也是一样的。"

"可是这……"

"我知道你的顾虑。这个你要是不放心可以盯着，我给你保证，所有的钱都是用到正道上。而且我也懂你们的流程，给你上级公司的证明材料一份不少，你照样可以完成你的任务。你说，怎么样？"

万先生更加犹豫了。

以钱光越的角度来看，这件事本身并没有什么矛盾点可言。企业扶贫的目的就是在国家扶贫的大背景下起到一个补充力量的作用。水光村并不属于贫困村，只是村中存在一定数量的贫困户，和周边地区比起来应该就是俗话说的"瘦死的骆驼比马大"。虽然赵主任和牛书记前后的说法对不上号这一点非常令人怀疑，但本质上并不会有什么太大的影响。只要能明确一点，给金菜园投资就是实际帮助了当地经济的发展，那其他的确实如牛书记所言，形式反而不太重要。

"我现在还不能拿定主意，了解得还不够深入，至少让我再看看村子里其他地方的具体情况，之后再下结论也不迟。"万先生最终选择了保留态度。

"没问题,理解。那就午饭过后我领你们去其他地方看看。来来来,先吃饭,说了这么多,菜都要凉了。"牛书记也同意先搁置问题,站起来就要给万先生先添上一大碗。万先生赶忙推辞,无奈地又拿出了自己随身带着的餐具,又说了一遍自己的经历,引得几人一阵感慨。

饭吃到一半,食堂的老妈妈跑了过来,嘴里喊着:"主任哪,赵主任!你媳妇来了,在楼下找你呢,好像是有什么事。"

她话说完,赵主任刚从位子上站起来准备出去看看,餐厅那一头的通道口便上来了一个人。是一个女人,看上去还很年轻,也很漂亮,比钱光越应该大不了多少,穿着非常简朴且素净,两臂上还戴着那种洗掉了色的红袖套。

"跃进,鱼塘那边又吵起来了。"她说。

"又吵起来了?"赵主任只是象征性地问了一句,看样子已经见怪不怪了。

"嗯,快过去看一下吧,这次闹得挺凶。"

"好,我现在就去。"

万先生也被突然的状况吸引了注意力,出声询问:"出什么事了?我们也一起去看看吧。"

"哎呀,就是两户人家闹矛盾,常事儿,不用担心,让小赵去就行了。"牛书记出言拦住了万先生,并对赵主任挥了挥手,"去吧,赶紧解决了去,这都是第几次了?!"

看着赵主任跟着妻子下了楼,万先生却没有重新落座的意思,他悄悄拉了一把钱光越的袖角,对牛书记说要去方便一下,随后便头也不回地出门找洗手间去了。

万先生干吗要拉我一把? 钱光越没想明白。不过老先生做事一向条理明晰,很有章法,估计还是有什么事情,跟上去看看吧。打定主意,钱光越说道:"我也去一趟。"便也离开了座椅。

"这个牛书记,滑得很,说了半天,我也没听出多少实际的东西来。我觉得还是得避开他,找赵主任问个清楚。"万先生一把将不明就里的钱光越扯进了卫生间,说道。

"我现在就溜出去跟上赵主任。一会儿你就说我是心急,先去村里实地看看。"

"啊?"钱光越赶紧掏了掏耳朵,生怕自己听错了。

"好了,我得赶紧,一会儿赵主任得跑没影了。"说完,万先生便猫着腰,闪出了楼梯口,悄悄地溜了出去,留下钱光越一人哭笑不得。他只能洗了把脸,想着等下怎么和牛书记说这个事。

　　这边万先生出了金菜园,追上了赵主任夫妇二人,一同往鱼塘赶去。

　　这个鱼塘的确就是之前乘车进村时看到那个小池塘,到那儿的时候正看见一群村民围拢在池塘边,人群中间不时传出叫骂的声音。赵主任和万先生挤进人堆,看到被围在中间的是两个男人。一个看起来得有六十来岁,坐在脏兮兮的泥巴地里放声大哭,边哭还边指着另一人骂。另外一人要年轻些,可能三四十岁,双手环抱在胸前,站在一旁气鼓鼓的模样,脖子都涨红了。

　　"怎么回事?又干什么了他们?"赵主任一边把看热闹的人群往外搡,让他们站开一些,一边询问道。

　　"还能干吗呀?!"地上的老头沙哑的哭腔立刻传来,"他!"说着便指着那年轻男子,手指尖微微颤抖,看得出用上了不小的力气,人都绷了起来,"他又放他养的那群鬼鸭子来吃我家的鱼!"

　　万先生这才注意到刚刚被人群挡住的地方,一群白色的鸭子正聚在一起不明就里地朝着这边伸出脖子嘎嘎叫着。

　　"我没有!"年轻男子反驳道。

　　"你还说没有!"老头从地上爬了起来,怒喝道,"自从你养了这群鸭子,我每回放下去的鱼苗都莫名其妙少了一大批。"

"不是我，我没有！"

"还不是？你自己想想这都第几次了？这一次倒好，我昨儿刚放下去，今天一看，连影子都不剩下。"

年轻男子显然不善言辞，只见他嗫嚅了半天，还是只能吐出和之前一样的三个字："我没有！"

万先生向四周看去，两户人家分别在池塘两侧，相距非常近。可以看见养鸭的这边也围起了篱笆和网。养鱼户那边虽然从水面上看不见什么，但凭经验来看，水底下应该也是用网给围起来的。鸭子游不过去，这鱼是怎么没的？着实让人觉得蹊跷。

兴许是看赵主任来了，老头子叫骂的声音越来越响，情绪也逐渐失控起来。这里最近应该是刚下过一场雨，地上软绵又泥泞。他刚刚坐在泥地里，全身脏污，这时候气急了，挥起带着泥水的手掌就朝着年轻男子胸前拍打过去，一边拍还一边骂，一下就是一个黑手印，嘴里的话也没比手上的泥干净多少。

周围人看着他一身烂泥，也不太敢上去拉他，只有赵主任死死地抱住老头子的腰将他扯了回来。

"好了，怎么还动起手来了？"赵主任喝道。

老头子被拽了回来，没办法，接着哭道："我不想给孩子那么大负担,自己养鱼换几个钱过日子。现在鱼都没了,我做错了什么?"

这时候年轻男子也是憋不住了,开口说道:"早就跟你说了,你那个网破了,让你赶紧找找,在哪里好修一修。你不听,还骂我。你自己说,我家的鸭子怎么可能跑到你那边去吃你的鱼?都是因为你破了网又不修,鱼都跑了,你看到有几条跑到我这边来了就找我的麻烦。"

"有这事?"赵主任看看年轻男子,又看看老人。

"扯淡!"老头子的眼神微不可察地躲闪了一瞬,怒斥道。他原地不自主地踱着步,四下张望,像是在寻找着什么东西。而后他冲向一旁,拿起养鸭人杵在那里的那根一人多高的竹竿,杀气腾腾地往年轻男子这边冲了过来。

众人一看都吓了一跳,暗叫不好,这还抄起家伙来了,万一打着人,指不定要见血。也不管什么脏不脏了,大家七手八脚地纷纷往年轻男子身前赶,想要拦住老头子。谁知那老头子冲了几步,脚下一转,向旁边跑了。一群人扑了个空,地上泥泞,也不知是谁没刹住,脚下磕绊,栽倒在了泥水里。后边的人像多米诺骨牌一般,七七八八也倒了大半,溅起无数泥点子。

那一群鸭子原本就是看看热闹,动静也不算大。随着人群里声音逐渐增加,它们的反应才跟着激烈了起来,嘎嘎的叫声和笑声一样,听在耳里满是嘲弄。为首的一只最是起劲,还不时扑扇两下翅膀。它完全没有料到那根竹竿就是冲着它来的,躲闪不及,脖子上结结实实地挨了一下,立刻就倒在地上挣扎扑腾。

"哎呀!"那养鸭汉子一声哀号,三步并作两步冲了过来,抱起那只挨了一棒的鸭子,心疼不已。鸭子耷拉着脖子,也不叫唤了,两只蹼掌在他胸前蹬着。死倒是没死,不过看起来离死也不远了。

事情就这么越闹越离谱。赵主任又是检查水里的网兜,又是安抚两边的情绪,忙得满头大汗,浑身是泥。最后商量完赔偿协议之后已经过去了两个多小时,赵主任打发妻子先回家去,这才与万先生一道往回走。

路上,万先生总算逮到了与赵主任详细交谈的机会。赵主任也坦言,这次是他与副县长直接联系的,并没有通过牛书记。

"水光村的实际情况的确和牛书记说的有很大一部分出入。"赵主任甩了甩身上已经干结的泥块,说,"黄老板在村里置办的种植产业能带来收入不假,但是种地从来都是看天吃饭的活计,家里自己种和他黄老板统一种根本就没有区别。收成好,那么农民就分得多;收成不好或者卖不出去,农民自然也得不到收益。而且黄老板雇的村民数量也有限,你可别听他吹牛说雇了多少人,那些都是把土地流转给他的。实际上还有很多位置偏一些的人家根本照顾不到,像刚才这两户,都是自己想法子谋生路。"

"那牛书记为什么不肯说实话?我看他好像对你很有意见的样子。"

"我们确实有些不太对付,怎么说呢……"

"还有这个黄老板,他到底是个什么来头?"

"你一下问得有点儿多,我得捋一捋,看怎么说。"赵主任挠了挠头,又意识到自己手上有干泥,赶忙又使劲掸了掸头发,"那还是得从牛书记身上说起。"

根据赵主任所说,水光村原本并不是一个完整的村子,而是从周围几个村合并而来的,牛书记年轻的时候就在其中一个村当领导。那时候的牛书记也是壮志满满,一心想要振兴村里的经济搞大发展。他四处联系,也接洽了不少有心来乡村投资的公司和企业。但是当年国家的扶贫工作还没有完全开启,来乡村投资建设的企业鱼龙混杂。牛书记年轻急躁,经验又不足,最后产业建设还没搞起来,村里就欠下了不少债务。强烈的责任心和负罪感让牛书记抬不起头来,他狠心一咬牙,决定自己掏腰包来顶上,能顶一些是一些,想要一点一点地把窟窿给补上。

"钱花光了,听说最后连屋子也没了,也不知道他是怎么熬过来的。"赵主任摇着头说。

然后牛书记唯一的小儿子又病了,也不知是什么病,总之病得很重。这生病就是要花钱的,可他哪里还掏得出几个钢镚儿来?时间一天天过去,最后小儿子夭折了。妻子因为这个和他再也走不到一起去,没过多久就离婚了,改嫁去了别处,没再出现过。

"打那之后,牛书记就像是变了一个人。我也不清楚他以前什么样儿,不过按照熟人的说法,就是不好亲近了,做事城府深了许多。"

"噢,居然还发生过这么多事。"万先生听完,感叹不已。

"我是感觉他对我有些敌意,算是刻意为难我,不知道为了什么。不过知道了他过去发生的事情,我也不想和他起冲突。说实话,换了是我,经历这些打击肯定也是会性情大变的。"

"你觉得他为什么为难你?"

"这个我上哪里知道去?不过有一点,我猜的啊,有人说我比较像他年轻的样子。"

万先生打量了一下赵主任:"像吗?"

"大概吧。反正后来周围的几个村合并成了水光村,那时候我第一次见到他,再后来就变成了我和他共事。这就要提到这个黄老板了。黄老板是牛书记同村的,年轻的时候出去闯荡,吃了不少的苦,倒是赚了点小钱做起了生意。回来之后他就建起了现在的这个金菜园。本来也是我跟他商量的搞搞旅游,结果牛书记三番两次要阻挠,最后就没搞成,这就不提了。好在国家对乡村地区的帮扶政策全面启动了,金菜园才起死回生存活了下来,有了今天的规模,这得感谢国家政策。"

万先生点着头,示意赵主任继续说下去。

"哎,要我说啊,若不是牛书记那么保守的话,当时搞出些名堂来是绝对没问题的。你看看,我们村是合并来的,地方足够大。有山,有水,人口也不少,基本条件绝对不差。什么乌镇、西塘我也是去看过的。当然不一定能搞得像人家那么好,但只要能够吸引人就行了。这不比走老一套种地再去卖粮食赚得多?我是觉得,要与时俱进,总走老一套那肯定是没有出路的。噢,跑题了。总之,要说黄老板能做到这么大,都是托了牛书记的福,当然也是因为他人比较正派,不会坑蒙拐骗,牛书记信任他。其实是能感觉到的,他们两个还是一心希望家乡好,希望村里人有钱赚。"

"嗯。"万先生点了点头，没头没尾地说了一句，"像，那还真挺像的。"

弄得赵主任一脸的茫然："什么像？"

"没什么。你见过这个没有？"万先生说罢，从裤兜里掏出了手机，翻出一张照片给他看。

照片里是一把钥匙的特写，只不过这把钥匙非常特殊，像是电视剧里才会出现的老钥匙。长长的一根，头上则是非常明显的两块齿状凸起，整体呈现出一种非常古旧的铜色，很有美感。

"钥匙嘛，还挺别致。这是啥？"

"这是乌镇民宿客房的钥匙。我带家人去住过一趟，当时就觉得非常有意思，拍了下来。"

"噢，我倒是没有住过那边。这个说明什么？"

"说明他们不仅仅是改造了村庄，还在每家每户和每个细节上加了文化和灵魂，而这个成本是无法估算的。"万先生说。

另一边，钱光越正应付着牛书记。

"之前你说你们是什么公司来着？"

"期货，期货公司。"

"你听说过期货吗？"这句是牛书记问黄老板的。黄老板摇头，表示他也不知道期货是什么。

"噢,那这个期货公司主要是做什么的呢?"书记转过头来,接着问钱光越。

"这个一两句还真解释不清楚。"

"没事,你解释解释,也好让我俩了解了解。"

"先说期货吧。期货是指现在进行买卖,但是将来进行交割的标的物。"钱光越背了一段关于期货的定义描述。

"等一下,小伙子,你说的这个太专业了,我们听不来的。"刚开了个头,黄老板就连连喊停。

"对,你给概括概括,说得简单一点。"牛书记也附和道。

"呃,简单来说就是买卖将来。"

牛书记笑了起来,笑声里带了浓浓的讥讽,对黄老板说:"所以我说金融是个坏东西吧,什么不能拿来买卖的到它那儿都能卖。"说着他又对钱光越表示,"我不是针对你们,你们毕竟也是工作。"

"那些搞金融的大人物,挣得盆满钵满,说穿了就是吸血,吸社会的血。你们这个期货我不了解,但是依我看和股票那套也不会有什么两样。扒光了看可不就是脱离生产,用钱生钱吗?说得再难听一些,就是赌博,换了个皮囊罢了。"他继续说道。钱光越有心反驳,但实在找不到插话的时机,而且看得出牛书记对金融行业有很大的偏见,反驳实在是一件很麻烦的事情,于是只能尴尬赔笑。

终于,等到万先生与赵主任回来了,又谈了一会儿,大家决定再一起去村里其他地方考察一下。

水光村的情况在万先生看来,的确与赵主任的描述基本一致。种植条件较好的田地都集中在中心地区,四周向山地开始蔓延的边缘土地大都没有纳入金菜园的生产计划中去。

这里的村民为了谋生,从事各种不同的生产,但都属于零敲碎打,不成气候。而正因为体量极小,相应的保障措施也跟不上。比如村西边的一户,在自家周围的山坡上养了一些土鸡,几乎每个星期都会被黄鼠狼偷走一两只,有的时候甚至还会碰到山鹰来捕食的情况,每天都要慎之又慎。村民之间因为从事不同生产引发的矛盾也不少,之前水塘边的鱼鸭之争就是活生生的例子。

绕着村子走了大半圈的时候,他们在村小学边发现了一户比较特别的人家。

这是一座在乡下随处可见的两层小楼,一层已经被改造成了店铺的模样,上头挂着一块简简单单的招牌,写着"三个挑夫"的字样。再往下看,门口左边堆放着各种麻袋,有的扎了口,有的则没扎。麻袋里都是板栗、枣子之类的农产品。右边也是一样,只不过还放着一台磅秤和几个晒着干辣椒的竹制簸箕。

"这一户是做什么的?"万先生饶有兴致地询问道。

"这是他们家三兄弟一起开的小店,所以叫'三个挑夫'。"赵主任介绍说,"他们主要是做网店生意,把土特产从网上卖出去。卖的东西都是从村民那里收购来的,有时候也会有人特意拿来卖给他们,还有就是他们自己加工的,比如粉丝、米粉之类的。"

黄老板颇为不屑,插话道:"做网店算什么本事? 那不是有手就行? 阿猫阿狗都能做得了。看店的人都没有,像什么样子?"说着还用脚碰了碰那磅秤。

"大概是在后头忙着吧,要进去看看,打个招呼吗?"赵主任问。

"不必了,就不打扰了,看看就行。"万先生说着,迈开步子继续向前走去,悄悄把赵主任拉到一旁,小声说着话。钱光越刚好离他们比较近,能听到一些。

"黄老板好像很有意见,他们是有什么过节吗?"

"主要是当时有些村民对于土地流转很犹豫,这三兄弟开的店刚好让他们不用把自己的土地交出去。农民嘛,你应该知道,土地还是在自己手里最安心。这不就挡了老黄的道? 所以他一直很针对他们,觉得他们拖了自己的后腿。"

水光村的确很大,完整的一圈走下来天色都已经暗了。用过晚饭,万先生与钱光越决定在金菜园下榻一晚。

"不用两间房,真的不用。"万先生死死拽住黄老板的手。

"哎呀,两间房住着舒服一些嘛。"

"不用,真不用。这不是有两张床吗?"

一番拉扯之后,万先生送走了黄老板,关上房门,长长地呼了一口气。钱光越坐在窗边的椅子上敲着笔记本电脑,笑了出来:"也是挺难缠的。"

"相当难缠。"万先生表示肯定,并把外衣解下来叠好扔在了床上,又问道,"忙吗?"

"什么?"

"噢,我是问你手头的工作忙不忙。"

"还好,不太忙。咋了?叔你有啥事?"

万先生把今天在鱼塘发生的事给钱光越说了,还有赵主任说的话,就是关于想要在水光村发展旅游产业的想法。

"基本就是这样,我想知道你是怎么看的。"万先生靠着床头问道。钱光越直接表示了否定。和他相处时间长了,钱光越可以感觉道万先生并非真正在询问自己的意见，毕竟这事他们的意见是绝不能相左的。拿万先生自己的话来说，就是光是还停留在纸上计算的前期投入数字，就足够把那些想要搞旅游的村干部吓坏了。虽然也有少数因为国家地区发展策略而最终成功的案例，但最后实际的投入成本是只增不减。

"嗯。"万先生满意地点了点头，紧接着发问，"那你觉得水光村的路应该怎么走才是正确的？"

"水光村无论是人口还是自然资源方面都要比熊坊村强，并且黄老板的产业也已经算是扎根在这儿了。我觉得牛书记的意见虽然不合规范，但应该是目前可以选择的最好的方案。把各种杂七杂八的生产都并入金菜园去，整合到一起。我们直接支援金菜园，就能达到支援水光村的目标。"

钱光越信心满满，这也是他仔细权衡后得出的结论。谁知万先生摇了摇头说："你觉得黄老板为什么能把金菜园做到现在这个规模？"

听到这个问题，钱光越大概明白了万先生并不认可自己的想法，但还没有反应过来他为什么要问这个问题。

"不是赵主任说的，他信任黄老板吗？"

"确实是这样。那你有没有想过,如果黄老板换了一个人呢?或者书记换了一个人呢?"

"啊?"钱光越更迷糊了,"怎么还能换一个人? 您这整得也太玄幻了一些。"

"牛书记能做一辈子水光村书记吗?"

"噢,原来是这个意思。那当然是不能。"

"黄老板也总有老糊涂甚至离开的一天,但是水光村会一直在。到那个时候,金菜园会归到谁名下? 这些产业谁能保证还是为村民的利益服务?"

钱光越陷入了思考,这的确是太远了一些,也是他没有去设想的。

"你能开始思考,说明吸取上一次的经验了,不过还差那么一点点。"万先生开玩笑地用手做了一个捏东西的手势,"眼光要试着再放远一些,不要偏离了扶贫真正的核心,要让老百姓切实得到可持续发展的实惠,而不是用一时的利好蒙蔽他们。"

一番话说得钱光越汗颜无比,一时间他竟想起了与前辈的那一次争论。这一刻,他才算是真真正正地承认自己错了。

"那我们应该怎么做呢?"钱光越问。

"你还记得上一回我用输血和造血给你打比方吗?"

"记得。"

"一样的道理。牛书记的想法本质上是受到了他过去经历的影响,在吃国家政策的福利,但长期来看,对于村里经济发展是有害的。我们要做的其实就是帮助水光村发展集体经济。"

"集体经济?"

"对,要把金菜园变成村民共同的财产。"

"啊? 那黄老板怎么办?"

万先生倒是没有料到钱光越这个时候会笨得如此可爱,笑出了声:"你在想些什么? 当然是股份制改造。"

话音刚落,手机铃声就响了起来。万先生正说到兴头上,也没看那么多,直接抬手按下了接通键,拿到耳边说了一句:"喂!"

不知道电话那头是谁,说了些什么,钱光越可以感觉到万先生整个人的状态一下就改变了,变得严肃、冰冷,又藏着一丝丝无奈。这种状态让他很快就想起了之前去熊坊村的时候万先生接到的那两通电话。没有什么理由,但钱光越可以确定,绝对是同一个人打来的。

"你多大了? 这么多年你做成过什么事情?"说这话的时候,钱光越可以感受到万先生正在努力克制自己的情绪,藏在另一侧的手死死抓紧了床单,甚至眼角都微微有一些抽搐,"现在还要再跟家里要钱?"

虽然心里明白就这么听别人的家务事有些失礼,但不知为何,此刻钱光越并没有起身离开,就这么一动不动地坐在椅子上。可能还是好奇心占了上风。

"我跟你说好,这是最后一次了!"

几分钟后,万先生挂断了电话。他坐着沉默了一会儿,这才看向钱光越,有些尴尬地说道:"抱歉,刚刚有些失态了。"

"没有没有。"钱光越犹豫了一下,试探地发问,"刚刚,那位是……?"

"噢,是我儿子。"万先生直起身来,换到床沿坐着,十指相扣,自然地放在了身前。

"说出来也不怕你笑话,我这个蠢儿子自从大学毕业之后就没干过什么正经事。裸辞,贷款,永远在给自己找麻烦。他要是能安分地过上一两年,我都会不适应。现在已经是快到成家年纪的人了,连个事业也没有。突然说想开什么店,问家里要钱,张口就是五位数。唉……"

　　钱光越听着万先生的倾诉和抱怨,偶尔出言安慰。钱光越只是谈过女朋友,没有结过婚,更没有孩子,即使尽力把自己想象成万先生,也没办法感受他现在可能是一种什么样的心情。于是钱光越只能暂且回想起因为没钱交房租而被房东扫地出门的经历,奇怪的是,这原本并不能算是什么非常痛苦的记忆,今天却让他胸闷,仿佛无法呼吸。

■ 七

翌日，万先生与钱光越早早来到村委会，但是上到二楼才发现各个办公室都大门紧闭，没有人在的样子，看来是来早了一些，也可能是大家有事外出了。

闲来无事，钱光越便在村委会门口溜达。走过旁边的那家杂货店，他发现了一间之前没有注意到的小屋子。凑近来看，上头挂着"村医务室"的牌子。屋子很小，门开着，一眼看过去，里面的陈设一览无余。门口是一张老旧的木桌，上边摆着一些基本的医疗器具，比如听诊器和血压计之类。另一头则是一张窄小的床铺，屏风被收起摆在一边，床边则是一个柜子，里头放着一些常见的药品。没有人在。准备出去时，他发现门边贴了一张字条，上面写着"紧急情况请使用村委广播"。

"村里一般没有专职的医师,都是稍微经过一些培训的村民在值班,这时候估计在地里干活。有需要的话就用村委的广播把他们叫回来。"万先生向钱光越解释道。

一番等待之后,赵主任出现了。他说牛书记等人有事外出了,可能没有这么快回来,并邀请二人去自己家里坐一坐。万先生欣然接受。

赵主任家看起来和普通村民的房子并没有什么不同,朴素的二层小楼。但是院内的一些细节布置给人一种精心装点的感觉,让人感觉非常舒服。

万先生指着院里的小花坛说:"你家里倒是弄得蛮好的嘛。"

赵主任笑起来:"都是老婆弄的,我哪里搞得来这些?"

大概是听见了两人说话的动静,从花坛拐角处突然蹿出一只小狗,奔着赵主任一步两巅地跑了过来,撒着欢儿蹭着他的脚。欢迎完了自己的主人,它又绕着万先生和钱光越脚边打转,不停地用鼻子嗅着。小狗的动作过于欢脱,搞得两人不敢随意迈步,生怕一个不小心踩着了它。

"花生,过来!"一个女声传来,小狗立马循着声音跑了回去。出声的正是刚从屋里出来的赵夫人,她正站在门口,怀里还抱着一个小娃娃。钱光越差点儿笑出声,"花生"这个名字倒是再合适不过了,这小奶狗一身棕黄色的毛,头大,屁股也大,跑起来扭捏的模样倒是像极了一颗滚动的花生。

赵主任家屋内也是非常朴素简单,角落里堆放的一袋袋的农产品整整齐齐。赵夫人把孩子交给赵主任,说了一句:"抱好你的崽,我去泡点茶来。"

"我这准备谈事情呢。"

"噢,那你去泡茶?"

"好吧好吧。"赵主任无奈,只能抱着孩子,任由他用小手搓弄自己的胡茬,一边尴尬地示意万先生和钱光越请坐。

"我们昨晚研究商量了一下,和你说一说我们的想法。"刚刚入座,万先生便开门见山,"乡村发展在现在的环境下,是绝对绕不开集体经济这个点的,我相信你肯定是清楚的。"

"对,我清楚。"

"那么我提两点:一个是股份制改造,另一个就是保险加期货的形式。我们的帮扶资金只能投给村集体经济,我们的规则是不允许投资给私人企业的。不然我们也就只能给村里的贫困户一些直接的经济捐赠,这样就走回了'输血'的老路子,村子还是不能自己通过'造血'来改善经济环境。黄老板的金菜园如果只靠他自己的实力,是达不到养活村子所有人的规模的,那么我们可以把这个点给利用起来,对它进行股份制改造。"万先生用手点了点茶几继续道,"这是目前我认为的水光村最好的发展方向。"

赵主任皱了皱眉说:"关于股份制改造我懂了,那这个保险加期货是什么? 你说具体点,我看看。"

好在赵主任有一定的金融知识,万先生并没有费太大工夫,就先让他理解了什么是期货。

"所以期货市场就类似于远期的现货市场?"

"可以这么理解。"

然后,万先生开始解释保险加期货的概念:"过去保险公司只负责农民的灾害险,但是市场价格风险还是需要自负盈亏。保险加期货就是在这个基础之上再上一个保险,让市场价格风险由期货风险子公司来承担,最大限度地降低外部因素给农民生产收益带来的风险影响。你可以这样理解它,保险承担了农民的灾害险;期货,承担了农民的收益险。"

"那不是挺好的吗?"这时候端着茶水过来的赵夫人插了一句。

"但是你刚才说进入期货市场需要统一的产品是什么意思?"

赵主任发问。

"就是需要一种产量足够大的商品,产量不够大的话就形成不了市场,期货市场没有例外,都是大宗商品的交易。"万先生答道,"就是说要让村里的生产集中在某一种特定的产品上,不能什么都生产一点。"

"那水光村什么东西有这种潜力呢?"

"鸡蛋。"万先生笃定道。

"鸡蛋?你是说黄老板那个养鸡棚?"

"对,要把规模扩大,还要把主要生产力都投到这个上面去。"

赵主任思索着,再次提出疑问:"那这样别的生产就享受不到了,少了很多门路啊。"

"但是这唯一的一条门路是最大限度地降低了风险的路。而且也不是完全放弃别的生产,比如养鸡场的鸡还是需要通过现在的常规渠道去处理的。因为目前国内的期货市场是不接受活物交易的,在交割上存在很大困难。所以像'三个挑夫'那样的原生企业的存在也是很有必要的。"万先生耐心地去除赵主任的担忧。

"噢,你说他们家。嗯,我知道了。"赵主任的眉头渐渐舒展了些,"那我说的那个,就是那个,你还记得不?"

"哪个?"万先生没有领会到赵主任指的是什么。

"哎呀,就是昨天我跟你说的那个,旅游产业啊,还能不能搞?"

万先生显然是没有想到搞旅游在赵主任的心里是这么深的执念,还以为昨天的一番话已经打消了他的念头,一时间竟不知该怎么回应。

钱光越端正了坐姿,想着总算有自己发挥作用的时候了,正准备和赵主任解释一下,谁知却被人抢了先。

"你这个死脑筋!"只见赵夫人用手揪住了赵主任的耳朵,说道,"你看看你,总和我说牛书记以前的事怎么怎么样。我觉得你们两个人简直稀奇,成天互相嫌弃,互相看不顺眼,到头来还不是一个做法?"

看起来赵夫人是用上了不小的劲,疼得赵主任立马讨饶:"这儿有外人呢,哎哟,你快撒开,丢人了。"

赵夫人可没有放开的意思:"你还怕丢人?我看牛书记以前也是为了老百姓好,至少人家还勇于承担。既然你俩都是一条心,你成天说人家不思进取是怎么回事?再看看你这个莽夫,旅游是能挣钱,可那钱你有没有条件赚哪?我觉得牛书记说得倒是没错,得防着你,免得你走他的老路!"

"哎哟,我错了,你快放开,耳朵要给你拧下来了。"

就这样,在笑声中,说服赵主任的工作被赵夫人轻松完成了。

"说服我是很容易的啦。"赵主任一边揉着自己的耳朵一边说道,"只要能够让村里经济发展,我坚决拥护。但是接下来你们就要碰到难题了。"

"嗯,我知道。牛书记这边难度不小。"万先生点了点头。

一时间,大家都陷入沉默中。

"也别想得太悲观,至少可以确定一点:只要能让牛书记点头,黄老板那边问题应该不大。"赵主任的话打破了沉默,让气氛轻松了不少,"时间也差不多了,我们去村委吧,他们应该回来了。"

但是事情如同之前设想的一样。

"不要说了! 事到如今,我也表明我的态度,我不可能听你们一个企业说上两句话就把村子的未来给交出去。"牛书记甚至还没有听完万先生的话就态度强硬地说道。

"现在水光村依靠金菜园来解决贫困户和村里经济发展的问题终归是治标不治本,等着吃国家的救济是没办法长远发展的。"万先生说道。

"你说的什么股份制改造,什么保险还有期货,连我都一知半解,你觉得村民能了解多少？我要是答应了,出了问题你觉得我要怎么交代？还是说你觉得让村里冒着可能背上债务的风险会比现在更好?"牛书记寸步不让。

"牛书记,我们是依照让村民利益最大化的原则来制订计划的,你应该相信我们。"

"相信你们？如果你们这些金融企业值得相信,我自然也不会和你说这么多。不用讲了,如果你们执意那样做,那没的谈!"

"老牛,你听句劝,不要蛮不讲理!"赵主任说道。

"我蛮不讲理?"牛书记一听,直接从椅子上站了起来,直指赵主任的鼻尖,"你当我不知道？你背地里把我以前的事情翻了个底朝天,你觉得你这是什么行为?"

"一码归一码,我也是为了解决问题,让村子能够发展。"

"还一码归一码？呸!"

"你……"赵主任被骂了一句,想要回嘴,但又想到这个事情确实是自己不对在先,一时嘴边没了词,最终一句完整的话也没有憋出来,只能咚的一声坐下,不再说话。

好一会儿,没有人出声,牛书记的情绪也渐渐平静了下来。他又摸出一根烟来点上,重重地吐出一口。隔着烟雾看不清他的表情,只听见他说:"万先生,赵主任确实和你讲了我从前的事情,对吧?"

万先生这下犯了难,看看牛书记,又看看一旁的赵主任,急切地想要找到此时此刻最合适的应答。

"说了。"赵主任没等万先生说话,极不情愿地先开口说道。

"行吧。"牛书记点了点头,"那你也应该清楚我在想些什么。我不像赵跃进,见过世面,我撇开村支部书记的头衔,也就是一个从山里来的老农民。我上过当,吃过亏。你可以说我能力不足,但这片土地上的人只要还认我这个书记,我就不会冒一丝风险犯第二次错误。"又吐出一口烟雾,跟着烟雾一起吐出的,还有后面这句,"这话真的说出来了也是很伤人的,但我确实不相信你们。"

房间里再次陷入了一片沉默。赵主任揉着眉心,万先生沉思着,牛书记则把目光抛向了窗外,吧嗒吧嗒地抽着烟。迟钝如钱光越也很明白牛书记这话到底有多重,仅仅是道理上说得通也完全不够,这里面还藏着牛书记没有放下的过去,和他背负的责任。

谈话变成了僵局,钱光越被室内的气氛压得有些喘不上气。他知道自己现在也派不上什么用场,于是借口说去一下洗手间,离开了村委会,想要去村里再走走看看。

看着地里不紧不慢做着农活的村民,闻着空气中的泥土味,不知不觉中钱光越走到了离小池塘不远的地方。前边可以看到大片的水光,在阳光下闪耀着。这边可能就是万先生说的养鱼户和养鸭户起了纷争的地方吧。

跨过一小片野地,可以看到一群孩童正在水边嬉笑打闹。他们在水边相互追逐着,又用捡来的木条拍打水面,溅起不小的水花。孩童清脆的笑声就这么随着水花洒落得到处都是。

孩童们看到钱光越这么一个陌生人走过来,声音稍稍小了一些,好奇地朝他这边看。有大胆的便问他:"你是谁?"倒是没有想到孩子会先发问,搞得钱光越一时间也没了应对,最后只能说自己是外面来的,来村里做工作。也不知道是应该说民风淳朴,还是孩子们天真无邪,这群孩子就这么随便地拉着他要一起玩,说是因为看他好像很闲的样子,弄得钱光越苦笑连连。

吹着从水面上传来的微风,沿着水边前行,看着身边一群打闹的孩童叽叽喳喳,钱光越突然想起了在熊坊村遇见的那个叫二毛的孩子。那个甩着狗尾巴草的小小背影此时此刻从他脑海里闪了出来。钱光越依然清楚地记得二毛留给他的那种感觉,是孤独的,与眼前的孩子们是相反的。

　　想着想着，钱光越出了神。身边不知是哪个小不点没有看路，一头撞在了他的侧腰上。脚下一滑，连声音都还没发出，他就感觉到周身一阵凉意。钱光越第一反应就是，见鬼，这下应该是掉水里了。虽然自己不会游泳，但是之前就看到这水不深，成年人的话应该勉强能够站立起来。可还没等他驱动自己的身体做出反应，后颈传来的一阵痛觉让一切意识都仿佛随着水流漂走了。

　　等到他醒来的时候，他发现自己正躺在村委会旁那个上午到过的医务室里。

　　钱光越动了动手指，嗯，可以动，没有问题。于是他试着坐起来，接着便感觉一阵疼痛从后颈传来，差点让他低呼出声。一旁坐着闭眼扶额的万先生察觉到了动静，赶忙过来扶住了他。

　　"总算醒了，你吓死我了！"

　　"叔？我记得我好像……"看到自己穿着一身不合适的衣裳，也不知是谁的，钱光越还有一点迷糊。

　　万先生摸着他的额头，试探地问："还能想起来不?"

　　要不是因为会牵动肌肉疼痛，钱光越可能真的就笑出声来了。敢情万先生是以为他失忆了。

　　"我没事，我记得是掉水里去了。"

　　万先生如释重负,长长呼出了一口气,说道:"还好,没出大问题。"随后又扶住钱光越,来回地看,同时询问道,"伤着哪里没有?有没有觉得不舒服的地方?"

　　"就是脖子后边很疼,可能是磕到石头了。"

　　"哪里?"万先生轻轻伸手摸了一下钱光越的后颈。

　　"嘶! 就是这儿。"

　　"回去得上医院好好检查一下,别落下什么毛病来。"万先生把手收了回来。

　　这时钱光越隐约听见外面似乎有一些吵嚷声:"叔,外面怎么了?"

　　"牛书记在训斥那些孩子。"

　　这下钱光越听清了一些,是牛书记的声音,好像在说不要去水边玩什么的。

　　"光越,你听我说,"万先生突然凑到钱光越跟前,悄声说道,"刚刚你运气好,有个机灵的孩子第一时间就哭着跑来报信,牛书记一把年纪了,硬是一起下水把你给捞了回来。我看牛书记的样子是真的急了,也不知道为什么。我就这么一想,如果牛书记的儿子还活着的话,也就比你大不了几岁,会不会是你让他想起了这个?"

钱光越原本头就晕,这下更晕了。万先生不会被自己给吓出毛病来了吧? 这说的都什么跟什么吗?

"我现在去告诉他你醒了,等下你一定要借这个机会争取说服他同意我们之前的提议,靠你了啊!"万先生继续说道。

"叔,你这是不是太冷血了? 我掉进水里,那么危险,现在刚刚醒过来,你第一时间想到的就是这个?"

没给钱光越留更多的时间,万先生只给他比了一个拜托的手势,便走出了医务室,嘴里说着:"醒了醒了,人没事。"

马上,牛书记像一阵风一般吹了进来。

"醒了? 怎么样? 还有没有哪里不舒服的,啊?"他走到床边问道。

钱光越看见他下半身还湿淋淋的,裤管滴答滴答地往下淌水。一想到以牛书记的年纪也勉强可以算得上一位老人了,不知怎的,他的鼻子有一些酸。

"没事,没大碍。"

"哎呀,真是对不住,一群小孩子没轻没重。我已经训斥过他们了,本来就不应该去水边玩,危险得很。你也不熟悉这里的环境,还拉着你到处跑,结果出了这等子事。"

牛书记说完仍然感觉不放心,又问了一遍:"真的没有哪里不舒服的吧? 千万别瞒着,真伤着了可得赶紧去看。"

"牛书记,我真的没什么大碍。就是想请您帮一个忙。"

"哎呀,你说。别说帮一个忙,多少个都行,这样我心里也好受一些。"

钱光越咽了口唾沫,看着牛书记的眼睛说道:"同意股份制改造。"

这下牛书记蒙了,愣在原地,半天也没说出话来。钱光越从他的眼睛里似乎可以看到各种各样的情绪在流转,脸上的表情也是飘忽不定,嘴角微微抽动,想说些什么,但始终没有开口。

"你也听过赵跃进讲了我以前的事吧?"终于,书记拉过一旁的椅子来坐下,开了口。

"嗯。"

"你知道,我的儿子,如果没有那些事的话,现在应该跟你差不多大。"

这一次,钱光越没有回应。牛书记也没在意,自顾自地说着:"有时候我就一直在想,自己当时做得到底是对还是错。如果就那么算了,背债就背债吧,先顾着家里,是不是一切就都不一样了?"

　　钱光越听着不是滋味,自己刚刚的行为是不是就叫作乘人之危? 牛书记略微有一些颤抖的语调,让他陡然生出了一种负罪感。他低下头,避开了牛书记的目光。

　　除了牛书记的话,这里现在就只能听见他的裤管滴水的声音。万先生也不知道在外面干什么,这时候居然不见踪影。

　　"孩子,你告诉我,你为什么要来扶贫呢?"

　　为什么呢? 是因为想要明确自己的创业目标? 还是为了和前辈赌气呢? 好像从在水边想起叫作二毛的那个孩子开始,这些似乎都变得不重要了。也许理由有千千万万个,但是每个人最后都会找到唯一一个最能打动自己的。钱光越找到的,便是不想看到那种孤独,即使身处一国,却因为贫穷和落后而被隔绝的孤独。

　　那牛书记呢? 若是真的给他机会回到几十年前,重新来过,他愿意吗? 恐怕是愿意的。他会做出不同的选择吗? 也许不会。因为即使到了今天,这个人还是在用自己的方式保护着村民的利益。于是钱光越抬起头来,再次看着眼前这位曾经做出过莫大牺牲的老人,说道:"和您一样。"

■ 八

办公桌前,钱光越一边单手敲着键盘,一边哼哼唧唧地揉着自己贴着膏药的后颈。一只熟悉的手按上了他的肩膀。

"怎么,还疼啊?听说你掉水里去了?"郑当笑道。

"可不是嘛。去掉了半条命。"

"哈哈哈,没那么夸张吧,不过人没事就好。然后呢,进展如何?"

"进展嘛……"

那件事之后,牛书记点了头。有了牛书记的首肯,黄老板自然也没有不同意见。关于金菜园的股份制改造,以及引入保险加期货的交易模式,这事基本算是敲定了。万先生与钱光越便立即启程回到了 S 市,他们需要向公司上报情况和拟订具体的实施计划,还有等待扶贫款审批通过。

"上次你跟我置气,不服,那你现在对扶贫了解得怎么样了?"郑当半开玩笑地问。

"哎,好了好了,是我错了。"

这倒不是假话。就像钱光越曾经认为前辈走上社会之后变得圆滑世故,现在才发现,他对扶贫、对自己的说教都是无比认真的。原来从始至终两人之间从来都没有什么所谓的沟壑,纯粹是自己一厢情愿地认为成长就是要放弃一些东西。他是真的错了。棱角可以磨平,但他们心底一直还是那两个笨拙的少年。

"那晚上出去吃饭吗?"郑当问,"这次好像该你挑地方了吧?"

"抱歉,今天不行。晚上有安排了。"

"哎? 难得被你拒绝一次。是什么事?"

"家里的事。"

"噢,那就得等到你回来再聚了。听万先生说你们后天又要去水光村了是吧?"

"嗯,等回来再说。"

等郑当离开后,钱光越摸出了自己的那本便签本,在写着关于农副产品和网店的那页纸上狠狠地打了一个叉。想了一下,他叹口气,最后把它扔进了一旁的垃圾桶。

下班回家的时候,钱光越和舅舅通了电话,确认他还在自己的出租屋没有离开。之后钱光越又顺道在楼下的小卖铺跟大爷买了几罐啤酒和一包香烟。

"怎么样,找到工作了吗?"卸下正装,扔掉皮鞋,钱光越问正在看新闻的舅舅。

"还……没。"舅舅答得很勉强。

"噢,没事,慢慢来,你这个年纪确实不那么好找。现在不都喜欢招年轻人吗?尤其是大学生,更好压榨。"

舅舅好奇地看着钱光越,似乎对他今天说话的方式感到讶异。

钱光越打开塑料袋,拿出罐装啤酒分给舅舅,又扔给舅舅那包刚买的香烟,说道:"好像上次看你抽的是这个,不知道有没有记错。"随后他把房间的灯关了,拉上一脸惊愕的舅舅来到阳台上席地而坐。

夜晚的天空呈现出一种幽深的蓝色向下流淌,直到碰见远处的城市,这才染上金黄的颜色。此时只能听见屋子里电视还在播放新闻,隔壁有人在洗澡,还能听见远处车流传来的呼呼声。

"这是发生什么事了?"舅舅问。

"没什么,心情好。"

"你平时心情好都喜欢这么坐着?"

"不好的时候也这么坐着。"

舅舅搞不清他葫芦里卖的是什么药,摇了摇头,拿起了一罐啤酒说道:"我以为你不喝酒呢。"

"我不抽烟,酒偶尔还是会喝的。"

舅舅伸手去扯易拉罐的金属环,第一次没有掰开,拉环敲击罐身发出清脆的响声。他又去拉第二次,这时候钱光越突然问道:"舅,跟我讲讲以前的事吧。"

舅舅手上动作一顿,又是一声叮。

"又是你妈让你来问的?"

"不是。"

"那是谁?"

"没人啊,我自己想知道。"

"你知道这些要做什么?"

"不做什么,怕你憋坏了。"

舅舅乐了,手里一使劲,易拉罐也拉开了。他灌了一口,没有说话。钱光越没继续问,也拿起一罐啤酒打开。两个人就这么坐着,一罐一罐地喝着,谁也没开口。

"以前我不想说,"舅舅突然说道,"就是觉得她们压根不在乎。"

"你说老妈她们? 她们怎么会不在乎呢?"

"我知道,但我就是有这种感觉,心里是这么想的。"

钱光越似懂非懂,没有接话,等着舅舅继续往下说。

"人心这东西,说来也奇怪。姐姐她们怎么可能会不在乎我呢? 这我懂。但是每一次我先感受到的都是责怪,怪我自甘堕落,怪我沉溺过去。后来她们又怀疑我会去做见不得人的事,我就更不想和她们说话。"

他把手里的罐子一下捏瘪了,继续说道:"这事说来真是自己都会觉得恶心。那时候,看着她们下葬,我一滴眼泪都没有掉。"

舅舅没有明说,但钱光越知道,这是在说他妻女的事情。

"后来妈妈走的时候也是,想哭,却哭不出来。"说这话的时候,舅舅已经带上了浓重的鼻音。

"骨灰盒在眼前的时候,耳边总好像有人在反复跟我说,这不是真的,不用担心。一听见那个声音,就觉得很冷静,怎么也哭不出来,就好像根本什么都没有发生过一样。可是等到事情过去几个月了，自己意识到这辈子都不可能再见到她们了，就……"

说到这里，舅舅再也无法正常地发出声音，从他喉咙里只能传出咕咬的呜咽声。这声音逐渐放大，变成了让人痛心的鬼哭狼嚎。左邻右舍不时有人探出头来张望，想看看发生了什么，也有的人家砰的一声关上了窗户。钱光越这辈子第一次知道，一个男人原来是可以哭得这么难看的。他哭得撕心裂肺，好像刚刚喝下去的根本不是什么啤酒，而是这几十年来积攒的情绪和眼泪。

末了，舅舅安静了下来，呆坐着点起了一支烟。远处灯火通明，繁华依旧，就好像这里的一切都从来没有发生过。

不知是怎么想的，钱光越把那支烟夺了过来，放到了自己嘴巴里。

"你不是说你不抽烟？"舅舅惊讶地问。

"我是不抽。"钱光越回道，吸了一口，咳嗽了半天，又补了一句，"人活一辈子，总要多经历一些。"

舅舅又把那支烟抢了回去："有一些，不用经历也罢。"

"工作的事情你别急，慢慢来，能找到的。一直住在这儿也没问题。"

舅舅没有回话，他笑了。

　　一天之后,钱光越跟着万先生又回到了水光村,准备正式实施股份制改造计划。

　　"好,都到齐了吧?"赵主任看看众人,"这次万先生他们带了具体的计划来,我们先通通气,了解一下,确定没有问题之后,就召集各个村民小组的代表们开会传达。万先生,请!"

　　随后万先生详细讲解了目前根据国家政策试点实施的保险加期货模式。提到对金菜园进行股份制改造的时候,钱光越无意间瞥见黄老板似乎有什么话想说。

　　"总而言之,就是要扩大金菜园的养鸡规模,形成一个大型养鸡场。而且鸡种不能使用现在养殖的本地土鸡,需要订购市场蛋鸡品种。"

　　"村里现有的鸡为什么不行?"张文书问道。

　　"因为市场品种产蛋周期短,量大,这样更加方便开展工业化生产,提升产能。未经培育筛选的品种不具备这样的优势,比较依赖传统农业方式养殖,效率不高,很难满足市场需求。"万先生解释道,"要对品质进行严格把控,后续公司会协助对接城市市场,比如在一些卖场之类的地方进行销售。鸡蛋就直接进入期货市场进行交易。现在要做的第一件事就是对金菜园的股份制改造,并向村民传达这件事，尽可能多地让他们参与到其中来。毕竟我们的核心目的是创造一个村共有的集体经济实体。好，还有什么问题吗？"

众人没有反对意见，万先生转向赵主任，正要开口，一个声音传来。

"等一下。"是黄老板。

"老黄，有什么问题？"赵主任问道。

黄老板支支吾吾半天，总算说了出来："其他的都没什么问题，但是这个股份制改造能不能算了？"

这一下可炸了锅，谁也搞不清他怎么在这个时候变卦了。

"可是这个我们上次不是说好了吗？"赵主任不解。

"是说好了没错。"黄老板躲闪着赵主任的目光，"但是吧，你想啊，金菜园是我一手建起来的，我所有的东西都投在里面了，这突然就要拱手分给别人，怎么也说不过去吧？"

"黄老板，不是你想的那样……"万先生想要解释，却被一旁的牛书记给拦了下来。

"老黄，你这是什么意思？"牛书记发问，其他人都停了议论，安静下来看着。

"没什么意思,就是我的东西,我总不能白给出去是不是?"黄老板依然躲闪着目光,不敢与牛书记对视。

"上一次不是说得好好的,怎么突然就变卦了呢?"牛书记有些急了。

"上一次确实是说好了,但是吧,你知道……"黄老板说着说着,声音越来越小,到最后已是几不可闻,他索性脖子一梗,看向牛书记,说道,"反正现在我就是不同意,怎么办吧?"

"是不是你家那个婆娘又给你吹了什么风?"牛书记直截了当地问。

话音刚落,门被打开了。人未到,而声先闻:"对!就是我给他吹了风!"走进来一个中年女子,和黄老板差不多的年纪,叉着腰站在了牛书记面前。

"怎么,不说话了?说呀,我这个婆娘怎么了?"

"黄夫人,"牛书记没有开口,万先生先说道,"股份制改造并不是要分你们的产业,这是不同的。"

"怎么不同?有什么不同?"没等万先生解释,她轻蔑地一笑,"啊,你就是那个城里来的,姓万是吧?我说,你们扶贫归你们扶贫,怎么就不让我们好好过活呢?我们家的人不是人?我们家的钱就不是钱了?"

一连串炮弹一样的问题,伴随着她尖锐的嗓音,让万先生难以招架。

"老黄,你家是你说了算,还是你媳妇说了算?"牛书记不管那么多,撇开黄夫人,直接向黄老板发问。

"跟这个没关系吧。"黄老板说着。一旁的黄夫人见书记绕过了她,气得又叫又跳。

"股份制改造就是集中村里的财力办大事。你的那份,一分不少。有了更大的规模,挣得多了,你得的也多了。不过是借你这个金菜园的壳子,和村民互惠互利,你怎么想不明白?"

"这……"黄老板犹豫了。

"你放屁!"黄夫人见他犹豫,急了,叫着,"说得那么好听,鬼知道你们安的什么心! 你真当我不知道啊,自己的产业到时候我自己都做不了主,你这不是明抢吗?"

"啊,这……"一听媳妇说到了痛点上,刚刚有些松动迹象的黄老板更犹豫了。

"老黄你好好想想,你这么做下去,也就只能到这个规模了。股份制改造只是说把决定权交到大家手上,今后一起讨论、解决问题。入了股，谁还不为企业着想呢？你不是一直说要做人民企业家吗？这么快就忘了？”

牛书记这一句"人民企业家"直接击溃了黄老板的顾虑。

"你说得对，是我多虑了。我是要做人民企业家。我家里，我说了算！"

黄夫人一看丈夫临阵倒戈，气得往地上一坐，开始哭闹，弄得一房间人好不尴尬。费了好半天工夫，才让黄老板给领回家去了。

可一波刚平，一波又起。

牛书记与赵主任召集了所有的村民小组的代表开会，准备向村民们传达村子未来发展的计划。

水光村是由几个小村合并而来的大村，光是村民小组就有二十多个，这将近三十号人把村委会的办公室挤了个水泄不通。算上牛书记，还有几个老烟枪，嘴里根本没停过，搞得一屋子乌烟瘴气，熏得钱光越眼睛生疼。

牛书记说到要对金菜园进行股份制改造，让村里大伙都入股时，代表们反应都很热烈。可接下来提到未来鸡蛋生产与期货市场的时候又犯了难，牛书记只能求助地看向万先生与钱光越。

这次钱光越自信满满地解说了起来。刚开了一个头，就有人插话道："你说的这个期货，我听着怎么就像股票似的？"

"它不是股票，不一样。"钱光越赶紧解释。

"怎么个不一样？你说那么多我们也不懂。保险我们知道，早就弄过，但是出了事总是有各种理由，这个不保，那个也不保。要是碰上灾年还可以，不过大多数时候没多大用。"一个村民说道。

马上也有人接话："是啊，你讲的那些金融玩意儿太复杂了，我们听不懂啊。这东西和我们有关系的对吧？那你倒是说清楚啊。"

议论声越来越多，越来越大。更有几个过分的直接冲着牛书记喊："牛书记，你可别坑了我们啊，你的故事我可都是听说过的。你要是把我们卖给了资本家，那大伙可跟你没完。"

"你……"牛书记气得一口烟呛着了，直咳嗽，"你说的什么话？什么叫把你们卖了？你的良心呢？"

见人群越来越吵闹，争执不下，万先生喊了一句："停一停，都停一停！"勉强让大家安静了一点。

"听我说几句。"万先生朝着刚刚责问牛书记的那个汉子问，"你看，养鸡下蛋搞生产为的是什么？"

那人也是完全不虚，大大咧咧地答了："还能为啥？养家糊口呗。"

"那你说,碰上天灾减产,谁来负责?"

"刚刚不是有人说了? 保险嘛。"有人替他答了。

"好,那要是价格跌了呢? 谁来负责?"万先生继续问。

"那还有谁来负责? 就晦气呗。"

"嗳,那按照我们刚刚说的这个,就变成了期货公司来负责。"

"还有这样的事? 怎么个负责法?"

万先生示意别急,说道:"和保险一样,要是价格低了,就按照合同赔偿你们的损失。而且因为这是按照国家政策进行的试点办法,所以第一笔进入的资金由我们期货公司来出。"

这话一出,又炸了锅。大家一听不用自己交钱就能得到保障,刚刚不少还抱有怀疑态度的人话锋渐渐转变了。

万先生趁热打铁,说道:"我理解大家。你们可能不相信金融企业,难道不相信国家吗?"

人群吵吵嚷嚷,议论纷纷。

"那肯定还是信国家啊。"

"国家政策来着,能查得到吧?"

"这个我感觉应该没有假。"

"确实。"

先前那个汉子也不再怀疑:"那要是这么说,是好事,我无条件支持,我参加。"说完挤到桌前,签了字。众人纷纷效仿。

屋子里的人群逐渐散去,烟雾也少了几分。万先生走过去拍了拍钱光越的肩膀,说道:"不长记性,还背那些条条框框。记住,碰到什么样的人,要说什么样的话。"

钱光越尴尬地吐了吐舌头。

"好了,咱们还有的忙呢。革命尚未成功,同志仍需努力。"万先生笑道,又转向一旁的牛书记,"牛书记,还有一件事。"

"什么事?你说。"

"养鸡场建起来之后,现代化的配套管理人才也需要跟上。"

"都需要一些什么样的人才呢?"

"会计、技工这些基础的,还有网络销售这些信息人才。"

牛书记点了点头:"网络销售可以把'三个挑夫'他们家的资源一起整合进来,之后再补充人员扩充发展。会计和技工怎么办?"

这时一个人探头过来说道:"我不就是会计吗?"

钱光越记得这个人,那副金丝边眼镜的辨识度非常高——是刚来村里时见过一面的张文书。

"你就是会算几个数,人家要的是现代化人才,你够现代化吗?"书记笑道。

张文书一听,挺直了腰板:"我怎么不够? 我名字就叫文书,干的也是文书活。"

"这个不是大问题,回头公司会安排人来,在村里搞一个培训班。你让张文书挑几个有能力的村里人去上上课就行了。"万先生把自己的安排说了出来,牛书记自然是没有异议。

至此,总算是尘埃落定,事情步入正轨。

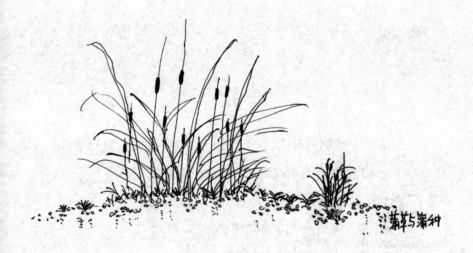

蒲草与蒲科

■ 九

又是一个晴朗的日子,钱光越的手机响了起来。是郑当打来的。刚一接通,扬声器里就传来了前辈疑惑的声音。

"光越,你给我邮寄的一大包东西是什么玩意儿?"

"噢,那个啊,上面写了备注啊。"

"没有啊,我没找到备注。"

"啊? 那我跟你直接说吧,都是些儿童读物,还有教材之类的,想让你帮我转交给二毛。"

"噢噢,行,知道了。"

前辈顿了顿,又问道:"听说你现在的担子又重了?"

"嗯,被调到子公司的场外业务部做负责人了。"

"恭喜恭喜,要好好干啊! 没再惦记你那破本子和创业了吧?"

"早就扔掉了,哪里还有时间想那些有的没的?"

"哈哈哈。"是前辈标志性的笑声,"你调走以后我们都没怎么碰面了,怎么,嫌弃老朋友了? 都不找时间请我吃个饭?"

"怎么会? 那就明天呗。"

"好啊,该你定了,去吃什么?"

"烧烤。"两人异口同声地说道。

挂断电话,钱光越想起,不仅是郑当,和万先生也很久都没有再共事了,这让他实在有些想念。上一次联系的时候,听说他的儿子似乎找到了自己中意的行当,也没再给他惹过麻烦,生活蒸蒸日上。钱光越还记得那天万先生在电话里语无伦次,高兴得就像个孩子。

至于熊坊村,听说已经顺利摘掉了贫困村的帽子。水光村的养鸡场现在也颇具规模,村民集体经济得到了长足的发展,甚至成了周边地区争相模仿的对象。

把手机、钱包塞进了袋子里,这次钱光越没有往寄存处走去,而是把袋子交给了舅舅。

"一会儿记住我跟你说的要领,别忘了呼吸节奏。"舅舅叮嘱道。

"舅,你刚找到工作就请假来陪我,是不是不太好?"

"这有什么关系? 说了我是正常调班,不是请假。你专心跑步!"

"好。"

钱光越又一次挤进起跑线前的人群里。这一次他有非常强烈的预感,今天,他必将跨越自己的极点,完成第二次呼吸。

■ 扶贫路上(代后记)

彝良,中华人民共和国昭通市辖县,地处云南省东北部的云、贵、川三省结合部的乌蒙山区。东邻镇雄、威信县,南接贵州威宁、赫章县,西靠昭阳区、大关县,北与盐津县、四川筠连县毗邻。

看着手中的资料,我莫名地对这个正要前往的陌生地方产生了一些好奇。不是因为这是个我从来没听说过的地名,也不是因为期待那里会有什么样的惊艳风景,更不是因为这次行程被冠以"扶贫"这个我没真正放在心里的前缀。引起我好奇的是同行的兴证期货上海分公司工会主席方钊先生,他对这次的行程从一开始就怀着难以掩藏的激动的心情。他的这种感情我很难形容,可能是因为我还没有找到他如此激动的原因,这甚至让我有些手足无措。像是在配合这种慌张的情绪,前往贵阳的飞机晚点了。

"扶贫的目的应该是帮助目标地居民改善生活吧。说实话,我能明白助学金可以提供给孩子们一个走出家门,接受平等教育的机会,是很有建设性意义的。不过我觉得这个'班班有个图书角'计划是不是有点过头了?"我试着发问。

"为什么这么说呢?"方钊先生像是早就等着我的问题一般转过身来,兴致勃勃地让我继续说下去。

"要想摆脱贫困,通过基础建设的支援和给予平等教育的机会,不是最简单直接的方法吗?事实上,在基础建设方面我们的母公司已经有很大动作了,教育方面再细化到读书内容的选择上,是不是走过头了?我并不否认阅读对于孩子的影响力,但是对于贫困地区的孩子们来说,最缺的难道不是走出去的社会竞争力吗?"我拙劣地表达着自己的困惑。

方钊先生则回答道:"彝良有它自身无法回避的特殊原因——土地太过于贫瘠。无论发展哪一种产业,对于现在的彝良而言,都是不切实际的幻想。在物质方面提供帮助只是解决燃眉之急,如同杯水车薪。帮助孩子们走出贫穷的家乡的确很容易,但要让一颗贫穷的心走出狭隘却很难;要让孩子们离开贫穷的家乡去改善生活的确很容易,但要让一个脱离贫穷的人还可以心怀感激地再回到贫穷的家乡却很难。教育的基础,本质是积累,是对经验、知识和修养的积累。物质存在着贫富的差别,精神上同样也存在,而精神上的贫穷正是无法摆脱贫困的根源。

"一个彝良的孩子前往外面的世界了,若他获得了物质上的成功,只能是成功了一半。当提起贫穷的家乡时,他选择了逃避甚至觉得有些羞耻,这便是失败了,是我们的失败,是扶贫的失败。一个地方要改变未来和命运,需要依靠的是下一代,若下一代失去了改变家乡的愿望和意志,那就完了。

"我们当然要给孩子们应试教育,让他们学习技术,走上工作岗位。我们坚定地要给他们打开这扇大门。但是同时,我们必须教会他们什么是感恩,什么是爱,什么是责任。这些全是需要情操教育来慢慢积累和培养的。梁启超说,少年强则国强。一国尚且如此,一个地方更是如此。年轻一代若是没有改变家乡命运的责任心,贫穷就会像烙印一样深深地刻在这片土地上。"

听完如此详尽的解答时,我们已经身在贵阳的土地上了。当得知前往昭通的航班取消时,我刚刚因为茅塞顿开而放松的面部又绷紧起来。

我们取回了行李,决定搭车前往车站,改乘火车前往昭通。已经很久没看到过绿皮火车了,大概现在发达地区的人,看到这种火车车厢,会比较容易和创意咖啡馆或者餐厅联系在一起吧。绿皮火车的行驶速度是远远不及动车和高铁的,估计今天凌晨才能到达昭通市。于是我们稍稍弯曲起脊背,窝在充满了时代感的连双腿也无法伸直的狭窄铺位里,一边留心着"花生、瓜子、八宝粥"的叫卖声,一边继续交谈。

晚间,车窗外已经没有太阳活动的迹象。剩下的只有匀速掠去的阴影和铁轨上跳动的高光。方先生正配合着车厢抖动的节奏,小心地把刚刚买的快餐挪一小部分到自己带的一次性餐具里。

"我自从上次生过一次大病,就不能不注意健康状况了。医生说我要注意不能吃嘌呤过高的食物,也要避免和别人共用碗筷。哎呀,不要介意。"他这样解释道。

"平时的午饭时间,我好像也注意到您的这个习惯。"我表示理解。

方钊先生曾一度因为癌症在医院接受化疗,那段时间他的夫人不巧也患病。相信那一定是他人生中最难熬的一段时期。

"身体现在不要紧了吧？您夫人还好吗？"我试着小心地询问。

"嗯，万幸我们现在都康复了。托你们的福，帮了我们不少忙啊。上了年纪又经历了那样的折磨，现在才意识到健康是第一位的。"

"那您这趟出来走这么远，还是去这么艰苦的地方，家里不会担心吗？"

"担心啊，怎么会不担心，刚刚还发了消息来。但是我还是想来啊，而且她也不是不讲道理的人，还是支持我的。"

"为什么那么想来呢？其实您不用亲自跑啊。"

方钊先生把矿泉水瓶盖拧紧，放到一边对我说："希望应寄托在下一代身上。正因为无比清楚地认识到自己老了，有太多无法逾越的障碍，才比任何人都深刻地明白，对下一代的教育才是实现我们自己未竟的愿望的途径。我有一个不成器的儿子，做事情总是毛手毛脚，还老是捅娄子。不过我对他唯一放心的就是他的人品和责任心，这就足够了。一个人的能力有高有低，一个人的脾气也有好有坏，这都是很难去改变的东西。但是一个人的品行和担当是后天养成的结果。从他很小的时候起，我就给他买很多名著，给他看人们写出的那些最美好的东西，《简·爱》《汤姆索亚历险记》等等。我要他明辨善恶，要他理解什么是责任，什么是义务。

"我们不是搬运工，我们不能只是把书交到彝良的孩子们手里就可以了。贫瘠的土地让他们的心灵无法'富裕'。一颗同样贫瘠的心，要怎么去拯救一块贫瘠的土地？我们要的是真扶贫，扶真贫。我们是在播种，在这些孩子们的心里种下正确的人生观和价值观，种下对家乡的热爱，种下对明天的希望。作为播种者，不去亲眼看看，不去亲手扶植，我怎么可能放得下心呢？"

夜更深了。车窗外向后掠去的阴影也已开始和黑暗融为一体，变得模糊不清。但是谁也没有睡着。

方钊先生在我的对面，他的激动、兴奋的心情，现在我也能理解了，原因我归结为责任。和刚开始不同，它不再空灵缥缈，而是具有实体一般在我身旁环绕。要问为什么的话，因为借着车内走廊的微光，我看到了我的身边也开始有着同样的光芒。